バルザック『あら皮』研究

バルザック『あら皮』研究

――ダンテとラブレーから読み解く複合的構想

吉野内美恵子

水声社

目次

凡例

一、『あら皮』の原文は *La Peau de chagrin,* Honoré de Balzac, *La Comédie humaine*, édition publiée sous la direction de Pierre-Georges Castex, Gallimard, coll. « Bibliothèque de la Pléiade », t. X, 1979を底本とした。原文からの引用は拙訳であるが、原文の流れと比較しやすくするため、巻末の「注」では『あら皮』と記し、『バルザック『人間喜劇』セレクション　第十巻　あら皮』(小倉孝誠訳・解説、藤原書店、二〇一〇年)の当該箇所のページ数を付した。

一、『神曲』についてはイタリア語とフランス語の対訳付きのアルトー版(Dante Alighieri, *La Divine Comédie*, traduit en français par M. le chevalier A.-F. Artaud, Firmin - Didot, Paris, 1828-1830, 3 vol.)から引用し、それぞれ、*L'Enfer, Le Purgatoire, Le Paradis* と記し、ページ数を付した。『神曲』からの引用の訳文は、寿岳文章氏の訳文をお借りした。具体的には集英社版のダンテ『神曲Ⅰ　地獄篇』(二〇〇八年)、『神曲Ⅱ　煉獄篇』(二〇〇七年)、『神曲Ⅲ　天国篇』(二〇〇六年)を用い、「注」では「〜篇」とのみ記し、ページ数を付した。

一、右記した『あら皮』を含め、基本文献には以下の略号を用いた。

CH　Honoré de Balzac, *La Comédie humaine*, édition publiée sous la direction de Pierre-Georges Castex, Gallimard, coll. « Bibliothèque de la Pléiade », 1976-1981, 12 vol.

Corr.　Honoré de Balzac, *Correspondance*, textes réunis, classés et annotés par Roger Pierrot, Garnier, 1960-1969, 5 vol.

LH　Honoré de Balzac, *Lettre à Madame Hanska*, textes réunis, classés et annotés par Roger Pierrot, Les Bibliophiles de l'originale, 1967-1971, 4 vol.

AB　*L'Année balzacienne*, Groupe d'études balzaciennes, Garnier 1960-1982; PUF 1983-.

PL　Rabelais, François, *Œuvres complètes*, présentée et annotée par Mireille Huchon, avec la collaboration de François Moreau, Gallimard, Pléiade, 1994.

願いをたちまちかなえてくれるが、そのたびに持ち主の命が縮んでいく魔法の皮——偶然それを手に入れた若者の数奇な運命を描いた小説＝『あら皮』（一八三一年）は、七月革命直後にオノレ・ド・バルザックが実名で出版した作品で、『人間喜劇』の「哲学的研究」に分類される。〈あら皮（la peau de chagrin）〉＝「徐々に減少するもの」として、その語がフランス全土に広まったほど、作家の名を世に知らしめた作品でもある。

一八二八年に印刷業で失敗し多額の負債を抱えたバルザックは、一八二九年、のちに『ふくろう党』となる『最後のふくろう党』で脚光を浴び、同年刊行した『結婚の生理学』（一八二九年）は大きな反響を呼んだ。先に述べたとおり、『あら皮』は作家の名を一躍有名にしたが、露わな政治批判も含まれるこの作品に批評家たちが正当な評価を与えることはなく、バルザックは、検閲や悪意に満ちた批評家から作品を守るためにさまざまな技巧を凝らしている。願いと引き換えに命を差し出す悪魔との契約をはらむ「欲望の物語」として、プロットは一見単純に見えるのだが、その実エクリチュールは難解で、その構成も極めて複雑である。それにしてもバルザックはなぜ『あら皮』をこれほどまでに難解な内容に仕上げたのだろうか。エクリチュールについては後の各章で検討するとして、まずはここで、その構成について簡単に触れておく。

1 『あら皮』の構成と新たな読みの可能性

『あら皮』の初版（一八三一年八月）は、「序文」、「エピグラフ」、「テクスト」、「コンクルージョン（エピローグ）」、「モラリテ」で構成されていたが、作家の手になる「序文」は一カ月で削除され、『哲学的小説・コント集』として刊行された第二版（一八三一年九月）からは、フィラレート・シャールによる「序文」に置き換えられることになる。これは、おそらくフィラレート・シャールがサインを頼まれたか、作家の指示で文章を書いたのではないかと考えられている。[1] それが事実であるならば、バルザックは何らかの理由で作家自身の名前を表に出すことを避けたことになる。初版の「序文」でバルザックは、独自の創作論を展開したあと、匿名で出版した『結婚の生理学』の著者が自分であることを告げている。また、フィラレート・シャールの「序文」には、「著者が細心綿密に書き、次いで犠牲にしてしまったこの序文〔初版の序文〕には、我々がそれをここで再現しなければならないと考える普遍的かつ哲学的な考察が含まれていた[2]」と記されている。初版の「序文」の削除が、抗しがたい力によるものか、或いは作家自身の意志によるものかは不明であるが、『あら皮』の「哲学的研究」を探究するうえで、フィラレート・シャールの「序文」は重要である。

　バルザックの「エピグラフ」は初版刊行時か、『人間喜劇』のフュルヌ版でほとんど削除されるが、『あら皮』の「エピグラフ」は例外的に現在まで残され続けている。その「エピグラフ」には、『トリストラム・シャンディー』三二章の「自由」を語る場面から引用したデッサンと引用箇所が記されているが、作者はこのデッサンが何を意味するのか明言していない。ピエール・シトロンはプレイヤード叢書の注で、デッサンの引用箇所の誤謬を指摘し、バルザックはスターンと同じような意味合いでデッサンを描いているのではない、としている。[3] だが、同じ意味合いではないとしても、七月革命直後に刊行された『あら皮』が、「自由」と無関係であるとは考えにくい。バルザックが「モラリテ」で言及したラブレーの『パンタグリュエル』の扉絵には、従来法律書のみに使われていた額縁状《ボーダー》の飾りが使用されており（後出、五〇—五一頁参照）、こうすることで、『パンタグリュエル』には法というバイアスがかけられていることを暗示していると言われている。[4]『あら皮』の「エピグラフ」もテクストが「自由」と関連することを暗示しているのだろうか。まずは、指摘された引用箇所の誤謬について検証する。次に、ジェラール・ジュネットの「エピグラフの四つの機能」をもとに、『あら皮』の「エピグラフ」が担う機能を考察する。

　順番が前後するが、「モラリテ」は初版と第二版のみに付され、その後削除される。作家は多義語を利用し、ラブレーの言葉を引いたかのように架空の引用までしている。さらには、「テレームの僧院」に言及し、「永遠なるモラル！　『パンタグリュエル』はこのモラルのために書かれ、このモラルは『パンタグリュエル』のためにある」[5] と『パンタグリュエル』を称賛している。そこに描かれた「テレームの僧院」は、規則に縛られた当時の一般的な僧院とは真逆で、唯一の規則は「汝の欲することを行え」である。教訓を示すはずの「モラリテ」の内容は、『あら皮』の主題と考えられてきた「欲望」とは直接に結びつかない。バルザックの思想の中にある「永遠なるモラル」は、どうやら「テレームの僧院」に描かれた「自由」と関係がありそうだ。ちなみに先に述べた「エピグラフ」も自由を語る場面からの引用である。そこで、バルザックの「自由観」を探究し、作家が架空の引用という手段を使ってまで読み手に伝えたかったことは何かを考察する。

そして、「終章／結末」ともいえる「エピローグ」だが、多義語や曖昧な表現に満ちていて、いまだ明確な解釈が得られていないように思われる。作品の結末を知るうえで欠かせない「エピローグ」が、なぜこれほどまでに難解な内容なのであろうか。「エピローグ」の解釈を諦め、「テクスト」の流れから、悪魔と契約したラファエルの魂は地獄へ向かう、と推測する読み手は少なくないだろう。だが、どういうわけか、「エピローグ」の描写に「地獄」の暗いイメージはなく、むしろダンテ『神曲』の「煉獄篇」と「天国篇」を想起させる。しかし、それでは「テクスト」と「エピローグ」の間に矛盾が生じてしまうのである。

このように『あら皮』は多くの問題を抱えながらも、これまで「悪魔に魂を売った欲望の小説」として一定方向の流れに沿って読まれてきた。多くの解説書は「エピローグ」に言及することなく、「テクスト」の結末を地獄や悪魔と関連づけているが、それは、「エピローグ」の内容が難解であることと、プロットが『ファウスト』に類似していることに起因するだろう。富と享楽を望んだファウスト博士が、悪魔メフィストフェレスと契約を結び、契約期間が過ぎるとファウストの魂が悪魔のものになるという『ファウスト』の梗概は、命と引き換えに望みを叶える『あら皮』の筋書きとよく似ている。さらに言えば、骨董店の様子を「それはまるでファウスト博士がブロッケン山で垣間見たという幻想的な光景にも匹敵する謎めいた悪魔の夜宴であった」と描写し、店主がメフィストフェレスをイメージさせる容貌であることも、その理由の一つに挙げられるだろう。けれどもバルザックは老人の顔を「神の麗しい姿か、或いはメフィストフェレスのあざ笑うような顔」と表現している。したがって、店主の容貌は、メフィストフェレスだけでなく神をイメージさせる容貌でもあるのだ。また、〈あら皮〉は所有者の命を縮める危険な皮だが、一方で「護符」であることも忘れてはならないだろう。つまり、骨董店の主を「メフィストフェレス」、不思議な皮を「所有者の命を縮める危険な皮」として読んだ場合と、店主を「神」、不思議な皮を「護符」として読んだ場合では、『あら皮』という作品から見える景色は対照的なものとなる。とはいえ、『あら皮』の「天国」的ともいえる「エピローグ」に対し、「地獄」的ともいえる「テクスト」とのズレをどのように解釈したらよいのだろうか。「テクスト」と「エピローグ」の間にそれらをつなぐ何らかのものが存在しなければ、その矛盾は解消されないだろう。いずれにしても、結末が「天国」か「地獄」かは、『あら皮』解釈の根幹に関わる問題であるため、「エピローグ」の解明は最優先事項となるが、その鍵を握るのは、どうやらポーリーヌのようである。

作品には、主人公が愛する二人の女性が登場する。美しいが冷たく利己的な伯爵夫人フェドラと、主人公を献身的な愛で包む貧しい下宿屋の娘ポーリーヌである。フェドラに夢中になっている主人公に、ポーリーヌは「あなたの愛する人は、あなたを殺すでしょう」と予言めいたことを告げる。フェドラに失恋した主人公は、やがてポーリーヌを愛するようになり、なんとか〈あら皮〉を伸ばそうとするが、〈あら皮〉は小さくなり続け、とうとう最後の欲望で彼は死に至る。と、ここまでは予想通りの展開なのだが、最後の一行に記された「彼は私のものよ、私が殺したの。私、そう言わなかった?」というポーリーヌの言葉に読み手は愕然とする。それまでは優しく、献身的だったポーリーヌが突然悪霊に変身したかのような描写に、慌てて「エピローグ」のページをめくるのだが、「ポーリーヌはどうなりましたか」の文章で始まる「エピローグ」からは、何度読んでもすぐには結末が見えてこない。フランス人ジャーナリスト、アンリ・フォンフレッドは、一八三一年十月に、「結論」と「モラリテ」が曖昧過ぎることを指摘し、「それ〔結論（Conclusion）〕を実際に理解する方法は何もない。それは削除すべき四頁である」と記している。[6]「結論」(Conclusion) は、一八三五年のウェルデ版から「エピローグ」(Epilogue) に変更されるが、[7]いずれにしても、結末が解らないまま『あら皮』を論じることはできない。そこでまず、「エピローグ」が想起させる『神曲』と「エピローグ」を比較・類推し、「エピローグ」で三度繰り返される「ポーリーヌはどうなりましたか」の答えを探究する。次に、「エピローグ」の描写と一八三八年版「エピローグ」のイラストを参考に、ラファエルの魂の行方を考察することで、『あら皮』とはどのような物語であるのか、解釈してみることにする。

『神曲』との類似性について言及したが、そもそもバルザック自身、どれほど『神曲』を理解し読み込んでいたのだろうか。『人間喜劇』という総題が『神曲』に由来しているのは周知のことであるが、バルザック研究者、ルネ・ギーズは、「バルザックはダンテをよく理解しておらず、浅薄な知識だけで作品を描いた」と主張した。[8]だが、『あら皮』の「エピローグ」が『神曲』を想起させること、ダンテが実名で登場する『追放された者たち』に『神曲』の影響が少なからず見られることから、その解釈には疑問が残る。作家は、『あら皮』初版の第一巻の脱稿と第二巻の脱稿の間で『追放された者たち』のプレオリジナルを発表し、『あら皮』第二版を収録する『哲学的小説・コント集』に『追放された者たち』も収録され、それが初版となる（後出九二頁参照）。このように執筆と刊行時期が重なるだけでなく、両作品はともにダンテの影響が色濃く見られることから、この問題については、『追放された者たち』に焦点を当てて考察する。『追放された者たち』と『神曲』を比較・検討し、バルザックが『神曲』を理解していたかどうかを明らかにしたうえで、理論を構築する。

なお、『あら皮』には「エピグラフ」の引用箇所以外にも、「作家の初歩的なミス」とみなされてきたところがある。〈あら皮〉に刻まれたサンスクリットの文言は、一八三八年版からアラビア語に変更されるが、バルザックは骨董店の主人の「サンスクリットを流暢にお読みですな」という台詞を生涯訂正することはなかった。訂正しなかったのは、果たして作家の初歩的なミスか、そうでないとしたら、そこに何らかの作家の真意が込められているのではないかという点も併せて検証する。

こうしてパラテクストの分析・考察により『あら皮』の結末が明らかになったところで、テクストの新たな読み・解釈を試みる。バルザックは一八三一年のモンタランベールへの書簡に、「そこ〔『あら皮』〕ではすべてが神話で、象徴《フイギュール》なのです(9)」と書いている。また、フィラレート・シャールの「序文」には、「ドラマとしての面白さに加え、この書物〔『あら皮』〕は寓意哲学の趣を含んでいる(10)」と記されている。象徴や寓意に満ちたテクストは、メタモルフォーズの解明により端緒が開けるものと推測する。若者は骨董店に入る前に自分の身体が流動現象に入るのを感じ、自分が生の世界にいるのか、死の世界にいるのか認識できなくなりつつある。したがって、彼がすでに死後の世界にいる可能性も考慮に入れなければならないだろう。特に、人間と神の作品が入り混じる異様な雰囲気に包まれた骨董店、強い光線とともに現れ、若者に〈あら皮〉を見せる骨董店の主人、若者の頬を撫でた毛深いもの、繰り返される光と闇の描写が何のメタモルフォーズであるかを、『神曲』をもとに類推する。また、「護符」は『神曲』、「煉獄篇」で、煉獄の旅に不可欠なものとして描かれていることから、『あら皮』に「煉獄の物語」が描かれている可能性を考慮し、「護符」以外にも、煉獄の旅に必要な「罪の浄化」、「生者の祈り」、「悔悛の秘跡」、「責め苦」などが描かれていないかどうかを確認する。

　このようにしてエクリチュールが包含する多くの問題が解明されれば、これまで論争の的になってきた『あら皮』の「現実」と「幻想」、「風俗研究」と「哲学的研究」についてもより明確な解釈が得られるはずである。

　フィラレート・シャールの「序文」には、「幻想に隠された壮大な構想は多くの人の目に留まらなかったに違いない。批評家たちは、『あら皮』が社会的個別性を取り除いた人間の人生を表現したものだとは理解しなかった[11]」と述べられている。換言すれば、壮大な構想は幻想（運命の気まぐれによって生じるさまざまな事件や現象で紡がれた物語）の中に隠されていて、それは人間の人生を表現したものであるが、多くの人はそれに気づかなかったということである。「壮大な構想」とはいったい何を意味するのだろうか。分析作業を進めるにあたり、常に念頭に置かなければならないのは、「壮大な構想」は隠されているということである。エクリチュールの解釈はこの点に十分に注意し、字義の裏側にある作家の思想やニュアンスを注意深く推量しなければならない。

もしかすると、作家が意図的に隠した構想は、いまだヴェールに覆われたままで、読み手はまだその核心に触れていないのではないかという疑問が湧いてくる。そこで、この「幻想に隠された壮大な構想」を明らかにすることを本書の課題とする。

2 『あら皮』の歴史的、社会的背景

バルザックは、まず自分の作品を写実的風俗小説集「私生活情景」と幻想的哲学小説集「哲学小説集」の二系統に分け、『あら皮』を後者に分類した。そして一八三四年に、「十九世紀風俗研究」、「哲学的研究」、「分析的研究」の三部門に分類し、「人物再登場」の手法を『ゴリオ爺さん』(一八三四—三五)で初めて用いた。一八四二年には、創作したほとんどの作品を『人間喜劇』の総題のもとに統合、「風俗研究」、「哲学的研究」、「分析的研究」の三部門に分類し、さらに「風俗研究」を「私生活情景」、「地方生活情景」「パリ生活情景」、「政治生活情景」、「軍隊生活情景」、「田園生活情景」の六つの情景で構成した。[12]

現段階で『あら皮』の手書きの草稿は発見されておらず、一八三〇年十二月十六日刊の『カリカチュール』誌に掲載された『最後のナポレオン金貨』と一八三一年五月二十九日刊の『パリ評論』に掲載された『詩人の自殺』が『あら皮』冒頭部に該当する、現存する最古の断片とみなされている。[13] 一八三一年八月に二巻本で刊行された『あら皮』初版には「哲学的小説」という副題が付されており、第二版は前述したように、わずか一カ月後の九月に、『哲学的小説・コント集』として出版される。[14] この版は三巻構成となってい

て、第一巻が『あら皮』に充てられ、第二巻と第三巻にはそれまでに雑誌に掲載された十二の物語が収められている。[15] 一八三三年版（ゴスラン版）、一八三五年版（ウェルデ版）も「哲学的研究」に分類され、一八三八年版（デロワ＝ルクー版）のみ、タイトルの下に「社会研究」と記されるが、一八四五年のフュルヌ版で、バルザックは『人間喜劇』の総題のもと、『あら皮』を「哲学的研究」に分類している。[16]

このように、『あら皮』は初版の段階からフュルヌ版に至るまで、「風俗研究」ではなく、「哲学的研究」に分類されており、作家がこの作品を生涯にわたり「哲学的小説」とみなしていたことは注目に値する。しかしながら、難解なパラテクストとテクストの複雑な構想は、読み手から作品の結末さえも遠ざけてしまった。こうした『あら皮』の複雑な構想は当時の社会と深く関連があるため、まずは歴史的・社会的背景を確認しておく。

王政復古時のフランス社会は反革命主義者と自由主義者に二分され、選挙権は、一八一六年以降、「年三百フランの直接税を納める三十歳以上の男子」のみに与えられていたため、多くの若者は政治活動に参加できずにいた。エルンスト・ロベール・クルティウスが『バルザック論』（ドイツ語原著、一九二三年）の中で述べるところによれば、一八二〇年には検閲が再開されていて、バルザックが『イエズス会正史』で「報道出版の自由」について言及した一八二四年頃は、「報道出版の自由」は全くひどい状態だった。[17] そんななか、一八二四年に王座に就いたシャルル十世が不正な選挙を実施し国民の反感を買った。一八二九年からはカトリック教徒のポリニャックが内閣の首班となり、時勢の流れはカトリック擁護へと向かっていたが、シャルル十世が「出版の自由」を停止し、富裕層をさらに優遇する措置をとって七月革命を誘発する。ルイ＝

フィリップ統治下の一八三五年には検閲がさらに強化され、バルザックの『神秘の書』に収められた『ルイ・ランベール』(一八三二—三五)、『セラフィタ』(一八三三—三五)は一八四二年に禁書処分を受けている。ルイ十八世による一八一四年の「憲章」は、法の前の平等と表現の自由を認めてはいたが、その内容は反革命精神に則ったものであった。これをめぐり、王党派のボナールと自由主義者コンスタンが激しい論争を繰り広げた。公共の秩序を乱す表現に対しては規制が必要だと主張するボナールに対し、コンスタンはいかなる表現も規制されてはならないと反論して検閲に断固反対した。結局ボナールが勝利し、コンスタンは国外追放となる。その結果、検閲は次第に強化されていった。

バルザックは「歩き方の理論」で、ルイ゠フィリップ王政に対する痛烈な批判を行っているが、『あら皮』が出版された一八三一年頃はますます厳しい検閲体制に阻まれ、「表現の自由」は皆無に等しい状態だったのである。そのため、『結婚の生理学』(一八二九)を刊行してから『あら皮』(一八三一)を出版するまでの間、バルザックはジャーナリズムの世界での活動を中心に行っており、一八三〇年から五回にわたり『ラ・モード』誌に掲載された『優雅な生活論』にも、七月革命直後の社会に対する批判が吐露されている。そうしたことが影響してか、同業者たちは結束し、『あら皮』を「暴動を扇動する文学」と批判した。[18]『あら皮』初版のバルザックの「序文」には、『結婚の生理学』の「序文」に用心深い予防策を講じていたにもかかわらず、著者への誹謗中傷が酷かったと記されている。[19]さらに「序文」には、「今我々にできるのは笑い飛ばすことだけだ。滅びに瀕した社会の文学はすべて嘲笑なのだから……。それゆえに、自ら仕掛けた文学的企てを皆さんの評価に任せたこの本〔『あら皮』〕の著者は、新たな非難が発せられることを十分に覚悟している」と述べられている。[20]このことから、『あら皮』には、作者に非難が向けられるような文学的企てが仕掛けられており、そこになんらかの予防策が講じられていると考えるのが自然であろう。「エピローグ」や「モラリテ」を難解な内容に仕上げ、作品を複雑な構想にすることが予防策であったならば、十九世紀前半のフランス社会は、バルザックにとってなんと辛い世の中であったことか。

『あら皮』への批判が激化するなかで、シャルル・ド・ベルナールは一八三一年の地方紙『フランシュ・コンテ新聞』で、「読んだのちに重苦しい気分にする物語に非難が寄せられるとしたら、非難されなければならないのは著者ではなく、没落してゆく社会の腐敗であり、その社会の中にある信仰心なきエゴイズムである」と述べ、近代的情熱を批判した素晴らしい作品であると『あら皮』を絶賛した。[21]バルザックは一八三一年十月、彼に感謝の手紙を送っている。[22]モンタランベールとエミール・デシャンも同様に評価し、モンタランベールは一八三一年十一月十七日、「あなたが描いた冷たい女性は、涙が出るほど真実そのものです」[23]とバルザック宛ての書簡に記している。また一八三一年のある評論においてエミール・デシャンは、『哲学的小説集』は多くの読者に読まれたがその大部分は奇妙で難解な風景画であったと述べ、「それはラブレーでもヴォルテールでもなく、ホフマンでもない。これこそバルザック氏なのである。〔……〕それは何度もセンセーショナルな事件が繰り返され、ニュースが生まれ、生活と交通、一切の速度が著しく加速された世紀の文学である。それは、蒸気船、汽車、リトグラフィー、ロッシーニの音楽やガス灯が生まれた世紀の文学である。〔……〕とりわけこの文学は、道義なぞ何一つ存在しない社会の表現なのである」[24]と評価し、「魅惑《ファシナシオン》」という語が彼の文章には何度も出てくるが、私は彼の文章の生み出す効果を表現するのにこれ以上ぴったりな語を知らない」と注釈している。[25] これに対しクルティウスは、「緻密な観察にもとづいた心理学的にも的確な見解である」と述べている。[26] 一方、一八三四年にサント゠ブーヴは、「彼の非凡な知識は認めるものの、彼の才能は芸術の域に達しておらず、人物再登場によって自分の作品を繋ぎ合わせるという発想は興味を削いでしまう。小説の冒頭部はすばらしいが、展開部と結末はひどく、文体は不的確で不純である」と批評した。[27] この論評はバルザックを激怒させたが、サント゠ブーヴの論調はいっそう鋭さを増し、一八四〇年の『文学の十年間』に掲載された論文では、「バルザックはもう時代遅れになった」と述べている。[28]

こうした非難に対しバルザックは、同時代の人々の無理解を嘆き、一八三七年五月三十一日付のハンスカ夫人宛ての書簡に、「私の仕事はほとんど理解されていないし評価もされていません」[29]と書いている。さらに一八三九年の『パリ評論』に掲載された批評は、バルザックの剽窃を非難するものであり、「バルザックが破廉恥にもモリエール、マチュリン、ホフマン、サント゠ブーヴを剽窃したと非難するものであり、「バルザックが風俗作家を僭称しても、断固として拒否すべきであろう。彼は丹念に屑の山をひっかきまわす。〔……〕あらゆる偽りの有害な才能と同じく、彼は忘れ去られ侮蔑の対象となるだろう」という厳しいものであった。[30] バルザックは『人間喜劇』の「総序」(一八四二)に、「公正な時代は私にはまだ来ていない」[31]と記している。

このように、国内では正当な評価を得られなかったバルザックではあるが、外国での彼の評価は高まっていた。一八三三年六月の妹に宛てた手紙には、ドイツ人の三家族に歓待を受けた喜びが書かれている。彼らはバルザックに、「お仕事を続けてください、そうすれば遠からずヨーロッパ文壇の頂点に立たれることでしょう!」と言っている。[32] 彼の名声はヨーロッパからロシアにまで広がり、一八三三年にドストエフスキーは彼の兄弟に宛てた手紙の中で、バルザックの作品をほとんど全部読破したことを告げ、「バルザックは偉大です。彼の描き出した人々は、世界を包括している精神の創造物に他なりません！　時代の精神ではなく、何千年にもわたる全時代こそが、人間の魂の内なる闘いに、このような発展と解決をもたらしたのです！」とバルザックの偉大さを認め、『ウージェニー・グランデ』を翻訳した。[33]　そして四〇年代にドストエフスキーと親交のあったD・W・グリゴローヴィチは、「バルザックは、私たちのいちばん好きな詩人だった。私たちはふたりとも、フランス作家の中で彼こそ群を抜いて卓れた作家だと考えていた」と語っている。また一八三一年秋に『あら皮』を手にしたゲーテは、日記に次のように記している。

それは、最も新しい種類の、まことに素晴らしい作品だ。それにしてもこの作品は、ありそうなことと常識外れの境をさまよいながら、なおエネルギーとセンスを失わず、しかも、きわめて奇異な考え方とか出来事のような、方法として実に驚異的なものを首尾一貫して使いこなしている点で傑出している。この点に関して詳細な検討を施したら、たくさんの長所を挙げられるだろう。[34]

そしてゲーテは、死の数日前にもフレデリック・ソレーとバルザックの作品について語り、バルザックの作品にはなるほど技巧上の欠陥とか、誇張表現とか、不備な点が数えきれないほどあるが、それでも彼の非凡な才能を認めないわけにはいかないと言っている。[35]　このように海外で著名な作家たちから称賛を得ていたバルザックだったが、国内の批評家たちからは、相変わらず悲観主義、懐疑主義などと酷評されていた。[36]　一般読者からは高い評価を得ていたが、文壇は彼を見下していた[37]。これを払拭したのは、バルザックの死に際して述べられた、ヴィクトル・ユゴーの感動的な敬意が込められた追悼演説であった。

みなさん、われわれの時代が未来に残すだろう輝かしい業績に、バルザック氏の名前が刻まれることでしょう。〔……〕バルザック氏は最も偉大な人々の中でも最前線の一人で、最も秀れた人々の内でも最高峰の一人でした。〔……〕バルザック氏は、モリエールにおいてメランコリーを、ルソーにおいて厭世気分を生み出したあの恐るべき研究から晴れ晴れと微笑しながら抜け出るのです〔……〕これらの人々の柩は明らかに不死を示しています。高名なる死者たちを前にすると、悩み浄化するために地上を過ぎ行くこの知性、人間と呼ばれるこの知性に神の定め給うた運命が、いっそう明瞭に感じられます。そして、生前天才であった人々が、死後魂として生きないなどということはあり得ないとおもわれるのです[38]！

バルザックの偉大さは、こうしてユゴーにより国内で初めて認められ、この後、サント＝ブーヴのバルザックに対する論調も彼に敬意を示すものに変わっていったのである[39]。

3 『あら皮』をめぐる研究史

バルザックは、『人間喜劇』の「総序」の中で、「『あら皮』は「風俗研究」と「哲学的研究」をほとんど東洋的で幻想的な環で結ぶ。そこでは生命それ自体がすべての情熱の原理である欲望と闘う姿が描かれている[40]」と記している。そのため、『あら皮』研究においては、「風俗研究」とは何か、「哲学的研究」とは何か、ということが絶えず論争の的になってきた。写実主義作家、バルザックが『あら皮』に描いた「風俗研究」が十九世紀のフランス社会と関連することは比較的容易に想像できるとしても、「哲学的研究」となると、それがどこにどのように描かれているかを明示するのは難しい。

『あら皮』の若者が研究しているのは「意志論」であり、骨董店の店主が若者に諭すのは「知」の重要性である。所有者の願いを叶える〈あら皮〉は、願いが叶うごとに所有者の生命を縮める不思議な力を持っている。また、バルザックは一八三三年に『ルイ・ランベールの知性史』を上梓したが、そこには、ルイ・ランベールの意志・知・エネルギー論の思想を通してバルザック自身の哲学思想が展開されていると言われている。こうしたことが影響してか、『あら皮』の「哲学的研究」は、これまで意志・知・エネルギー論を中心に論じられてきた。『あら皮』に描かれた「哲学的研究」をより明確にするために、これまでの『あら皮』研究を以下で振り返る。

『あら皮』の先行研究については、加藤尚宏氏の『バルザック　生命と愛の葛藤』に詳しい記述があるので、その一部を引用し、研究の流れを見ておこう。加藤氏は、『あら皮』の解釈に二種類の批評的立場が存在すると主張したリンダ・リュディックの論[41]に言及する。

一般に、『あら皮』の取りあげ方に二種類の批評的立場が存在する。ラファエル・ド・ヴァランタンの生涯と護符のドラマとを同一のものとみなして、幻想物語だけをそこに見るか、または、リアリスティックな側面だけを考察して、このドラマを無視してしまうかである。〔……〕リアリスト＝バルザックの擁護者たちは魔法の皮の存在を理解せず、《風俗研究》にしか向ける目を持たない。これにたいし、もう一方の人たちは、『あら皮』を《哲学研究》に限定して、リアリスティックな内容をほとんど全面的に無視する。〔……〕「幻想物語」側の解釈者たちは、生命エネルギーの濫費のテーマと不節制な生活の不吉な結果だけをそこに見て、かえってその哲学的価値の大きさを貧しいものにしている[42]。

リンダ・リュディックは、『あら皮』をどのように読むかで、「風俗研究」、或いは「哲学的研究」、どちらか一方の批評的立場に偏る傾向に陥ると述べている。

加藤氏は、リアリズムの立場をとるか、ファンタスティックの立場を取るかで、護符の意味の捉え方が時として全く異なってくることを指摘し、リアリスティックな立場に立つガルニエ版注釈者モーリス・アランに触れる。アランによると、ラファエルの欲望の成就は、いくつかの細部を除けば極めて平凡で現実的である。ラファエルが〈あら皮〉を手に入れる前から、財産が遺産相続で手に入ることは決まっていたし、宴会は友人たちによって既に準備されていたのであり、決闘での勝利も彼が冷静沈着だったからである。〈あら皮〉は人間の生命の象徴以外のなにものでもなく、それは小説の内的要素ではないとして、作品のリアリズム的要素を強調する。(43)加藤氏は、「このような見解に立てば、いくつかの細部を除きさえすれば、リアリズムの立場から全編を解釈することが十分可能になってくる。そしてその場合、〈あら皮〉にとりたてて何らかの哲学的、或いは神秘的意味を求めることは当然なくなり、そこに一つの小説的技法、または至って具体的な現実的象徴を見るだけということになる」と述べている。(44)さらに加藤氏は、〈あら皮〉が肺結核を象徴するという見方もリアリズムの範疇に入るとし、〈あら皮〉を「肺結核の主人公の、肺の線細胞組織を象徴したに過ぎない」とするアメデ・ピショ、「ラファエルを蝕む肺結核の象徴」とするフィリップ・ベルトー、「遺伝が主人公に肺結核への傾向を与えており、極度の貧窮と享楽とが肺結核を激化させていく」と述べたアンブリエール等の論考に言及する。そして、いかに本文に肺病の徴候が多く記されていたとしても、「それはあくまで一般の人間にそう見える外部的徴候であるとし、直接的にせよ間接的にせよ、そこに主人公の死の要因を見ようとすることは、〈あら皮〉との契約によって命が縮まっていくという見方とは、当然次元を異にするものだと言わなければならない」と述べている。(45)

こうしたリアリズムの立場をとる人々に対し、この物語の幻想的要素は明らかに〈あら皮〉であり、それが物語の中心的要素を占めると考える人々もいる。そこから幻想的解読、哲学的、神秘的、或いはより現実的な解釈をそこに付していく立場が出てくるとして、加藤氏は『あら皮』を「テーマ小説」とみなすプレイヤード叢書のシトロンの解説を取り上げている。「ここに描かれたエネルギー或いは生命力、およびその節約によって得られる思想は、おそらく父親の影響が大きく、バルザックのいろいろな作品の中にもさまざまな形で表れる。とりわけエネルギーの問題とそれを保存する方法は一八二九年から一八三〇年の間彼〔バルザック〕の頭から離れず、これが、『パンセ・シュジェ・フラグマン』中の着想――「生命を象徴する皮の工夫、東洋的物語」――から出発し、『あら皮』の主題そのものとなった」とシトロンは述べている。[46]「意志論」と「エネルギー論」について論じたのは、エルンスト・ロベール・クルティウスである。クルティウスは、『ヨーロッパ文学評論集』に収録されている「バルザックとの再会」と題された論考の中で、ルイ・ランベールとラファエルが書いていたという「意志論」に注目し、二人ともが自伝的要素を担っていることを論拠として、「一般に評家はこれを晦渋な妄想」とみなすが、むしろ、「ここに彼〔バルザック〕独自の中心思想があると認めるべきである」と述べる。そして、「二人の主人公が意志（volonté）と呼んでいるものは、欲すること（vouloir）の能力ではなく、万物に浸透する流体、集中することもできるが、浪費することもできる一つの流体のことである。それは生命力である。現在なら、我々は〈ヴォロンテ〉とは言わず、リビドー、ユングのいう意味でのリビドーという言葉を使うだろう。「護符」はリビドーの詩的象徴である」と述べている。[47]

エネルギーの消費と長寿の反比例の関係は、バルザックが早くから関心を持ち、いろいろな作品に描かれているということは、多くの研究者が認めている事実でもあるが、独創的な見解として加藤氏が取り上げたのは、メスメリズムを扱ったM・ヘイワードの理論である。ヘイワードは、『あら皮』が幻想小説であることを全面的に否定する。そしてバルザックと主人公ラファエルの〈メスメリズム＝動物磁気説〉を対比させ、バルザックは一貫してメスメルの思想に忠実であるのに対し、ラファエルは真のメスメリズムから離れ、バルザックが認めない「魔術的メスメリズム」の方向へと向かう。ラファエルにとって、人間のエネルギーは「欲望や行為」によって減少するが、バルザックは「流体はその発散された同量だけ人体に還元する」という考えを受け入れている。「意志」についても、メスメル論者は「生命の原理、物体に生命を与える原動力」としてこれの発揚を図るが、ラファエルは意志と欲望は生命の原理としながらも、これを抑圧しようとする。バルザック自身は意志の行使が命を縮めるとは考えておらず、むしろ欲望の断絶が死を引き起こすと考えているという(48)。

ヘイワードは〈あら皮〉に刻まれたアラビア語の文言についても論述する。一八三五年に著名な東洋学者ハンメル＝プルグストールからアラビア語のカリグラフィーを手に入れたバルザックは、一八三八年のデロワ＝ルクー版から、〈あら皮〉に刻まれた文字をサンスクリットからアラビア語に変更する。しかし「逐語訳」と明言しているにもかかわらず、ヘイワードが三人の専門家に確かめた結果、「皮が縮まる」との文言が全く欠如していることから、このフィクションはアラビア語を翻訳した主人公ラファエル自身が作り出したもので、彼は本来皮が縮まることを恐れる必要はまったくないと論じている。さらに、ヘイワードはラファエルを診断する医師の言葉から、表題である『あら皮』(*La Peau de chagrin*) の peau de chagrin と chagrin (= talisman) を区別し、peau de chagrin は皺が寄って縮む人間の皮膚で、talisman (護符) は鏡ではないかと推定する。一八三〇年には、自然科学者のフンボルトがイスラム圏から持ち帰った金属性の「魔法の鏡」が話題となった。それは壁に掛けて置くと鏡にしか見えないが、正面から光を当てると、背面の絵や文字が前のスクリーンに映しだされる仕掛けになっており、バルザックもこれを知っていた可能性があるという。ヘイワードに質問されたある物理学者は、小説中の科学者たちの行った実験は「銅板」であるならそれらの結果が可能であると推定されると答え、ある考古学者は、古い銅の鏡と革は「驚くほど似通っている」と答えている。(49)

こうした理論に対し、加藤氏は、〈あら皮〉が「縮み、皺のよる人間の皮膚」で、それが「鏡」を意味するならば、そこには合理的解釈が成り立つ可能性があることを認めている。そして、「ヘイワードの見解には、正当性を必ずしも持たない引用例や、誤解や、我田引水的な例証が多く含まれており〔……〕多くの承服しがたいところはある」と、論述上の問題点を指摘したうえで、それらを差し引いても、興味深い二つの問題、つまりメスメリズムを通してみた生命の問題と、〈あら皮〉解釈の問題が示されていて、「〈あら皮〉＝護符」について検討する上で、一つの手掛かりを与えてくれると評価している。(50) ただ、その場合、〈あら皮〉があらゆる科学実験を無傷のままに通り抜け、目の前でするすると縮まっていく矛盾をどう謎解きすべきか、という新たな問題が提示される。加藤尚宏氏は、「これが、矛盾が許容される物語の世界、現実的世界の中にありそうなことが投じ入れられ、そこに想像的世界と現実的世界とが交錯する、一つの理想化されたフィクションの世界である「小説」だということを再認識しておく必要がある」と記し、次のように続ける。

ひとまず〈軽信家〉のラファエル同様バルザックの語るままをそのまま信じ、論理的図式をはみ出る

〈あら皮＝護符〉の導くままに、主人公の運命の紆余曲折を一緒に辿ってみるべきなのである。そして、そうすれば〈あら皮＝護符〉を、「魔法の存在を理解できない」と切り捨てたり、「一つの意味」に局限したりすることなく、もっと大きな、多くの定義を（矛盾し合うそれをも）包含する、場合によってはバルザック自身の考えをも超えた、無限の広がりさえ持つものの象徴がそこに立ち現れるのではあるまいか。(51)

以上が加藤尚宏氏の取り上げた『あら皮』に関する先行研究の一部とそれに対する彼の見解である。実際バルザックは、異様な雰囲気を持つ骨董店や不思議な皮に関して詳細な説明を加えておらず、その解釈は多岐にわたる。加倉井仁氏は、ミハイル・バフチンが「クロノトポス」と呼んだ文学における時間と空間の相関関係を引き、『あら皮』における骨董店は物語言説と物語内容の拠点であり、極めてクロノトポス的な場となっていると述べ、それは同時に、非現実的世界の入り口として、「風俗研究」と「哲学的研究」の橋渡しの役割も果たし得ると論じている。(52) また、ツヴェタン・トドロフは、〈あら皮〉を「人生」の隠喩、「欲望」の換喩と考えた。(53) モーリス・バルデーシュは、バルザックが「哲学的研究」で表現した思想、とりわけ『あら皮』全体を牽引している「生命の消耗」に関する理論の起源について、バルザックの生命力の概念はヴィレイの医学哲学の理論と類似していると述べる。彼は、医学哲学の観点から、農村や山に暮らす人々や平凡で中庸な生活に満足する人々は、情熱的な生活をする人々よりも長生きする傾向にあり、学者や美食家、放蕩者たちは種々の生理学的原因によって生命力をより早く使い果たすとしたうえで、こうした理論が、バルザックの「哲学的小説」の主要なテーマと重なると主張する[54]。

芳川泰久氏は、小説の中心に〈あら皮〉という不思議なめし皮があって物語を牽引するが、バルザックの「哲学的小説」は魔法や神秘という領域ともつながる形で考える必要があることを強調する。そうした「哲学的」側面と、ビュトールによって「同時代の社会全体を描いている不可欠で象徴的な場所」とされた三つの場所、つまり「賭博場」、「骨董店」、「乱痴気騒ぎ＝宴の会場」が『あら皮』には同居しており、この小説は「哲学的小説」でありながら同時代＝現代のパリを取り入れた「パリ生活情景」や「私生活情景」の物語ともなっていると述べている[55]。

脳というテーマに注目したのは、東辰之介氏である。東氏は、主人公ラファエルの命が脳の明滅によって表現されていること、「脳」の発光の様態にもいくつかの種類があることを論述している[56]。

ここで、加藤尚宏氏も言及した、ヘイワードの理論について少し考えてみたい。アラビア語の文言に「皮が縮む」という言葉が欠如していることから、ラファエルが皮の収縮を恐れる必要は全くないと、アラビア語の文言を中心に論を展開するのはいささか危険を伴うと言わざるを得ない。もしハンメル氏が、カリグラフィーの審美的仕上がりを優先させ文言を自身の判断で変更し、それが作家の意志とは異なるものであったならば、ヘイワードの理論は成り立たない。アラビア語に変更される以前の版では、護符に刻まれた美しい逆三角形のフランス語はサンスクリットの訳文として置かれていたが、文言がアラビア語に変更された後も、なぜかバルザックは、骨董店の主人の「サンスクリットを流暢にお読みですな」という台詞を訂正することはなかった。そのため、現在においても〈あら皮〉に刻まれた文言と店主の台詞との間に矛盾が残ったままである。作家自身が「サンスクリット」を訂正しなかったことを考えると、アラビア語の文言は本当にバルザックが望んだものかどうかという点も怪しくなってくる。

鎌田隆行氏は、〈あら皮〉の文言の表象の変容に触れ、「フランス語とアラビア語の両ヴァージョンを比較すると、護符にふさわしい均整の取れた逆三角形を作っているのはあくまでフランス語版であって、護符に記された原文であるはずのアラビア語の方は歪形していることにすぐに気づく」とし、「オリジナル」と「翻訳」の関係が逆であることが読者に露呈してしまっていることを指摘している。[57] また、マルセル・ブトロンは、文言がサンスクリットからアラビア語に変更されたことについて次のように記している。

なんという期待外れ！　バルザックが常に主張し、我々にサンスクリットでの文章を予測させていたこの原文は、素晴らしいアラビア語の文言という形で我々の前に現れた。さらに前版で刊行された三角形のフランス語の原文が忠実な訳文として添えられた。[58]

そして彼は、〈あら皮〉に刻まれた逆三角形の文字配列が、『千夜一夜物語』の文字配列と似ていることから、この文字配列はバルザックが『千夜一夜物語』から着想を得たものだろうと述べている。[59] しかしながら、〈あら皮〉に刻まれたものと類似した逆三角形の文字配列は『パンタグリュエル』にも描かれており、『あら皮』の「モラリテ」でバルザックが「テレームの僧院」に言及していることから、この文字配列は『パンタグリュエル』から着想を得ている可能性もある。加藤尚宏氏も、『あら皮』の文字配列が『千夜一夜物語』

から着想を得たものであるというブトロンの見解に言及し、「いかにも〈あら皮〉は魔法の護符であるかのように仕立てられてはいるが、アラジンの魔法のランプとは異なり、持ち主に与えると同時に持ち主から奪うものでもあり、そこに描かれた文字配列が『千夜一夜』から着想を得たものであったとしても、〈あら皮〉とアラジンの魔法のランプは、本質的には似て非なるものである」と述べている。[60]『あら皮』と『神曲』との関連において、「バルザックはダンテを理解していなかった」と結論づけたルネ・ギーズに対し、アンヌ＝マリー・バロンは、「ダンテは罪や美徳を擬人化した神話、歴史、当代の人物と出会う。同様に『人間喜劇』も地獄の異なる圏を表す寓意的な表象の中に人生行路を読み取ることができるだろう」[61]と、バルザックとダンテの作品の共通点を挙げ、バルザックの才能を次のように高く評価している。

バルザックの才能は、「懐疑の影響を受けた」十九世紀において、宗教それ自体が芸術的分野でとても肥沃な象徴的側面を少しずつ失ったこと、その象徴的な想像力の権利を回復しなければならないということを理解していたことである。それゆえ「総序」は、作品の構成を成す階層を描きながらこうした考えの中に読みの解釈を誘導する。それは、「人間と神の間の関連が現れる領域である魂の世界」を我々に垣間見させる前に、「社会の喧騒の無限の広がりの中で社会をとらえること」に結びつけるものなのである。[62]

『あら皮』のテクストに描かれた骨董店の主人の「神」を想起させる容貌は、十九世紀に失われた宗教的信仰心とどのように結びつくのだろうか。また、『あら皮』の寓意的な表現の中にも宗教的な想像力の権利を回復しようと試みた形跡が窺えるのだろうか。

グラハム・ファルコネは、『あら皮』の重要性を次のように述べている。

バルザックの作品の中で『あら皮』は時代を画する。初期作品や『ふくろう党』、『結婚の生理学』などの重要性を人がいかに認めたとしても、『人間喜劇』の何らかの偉大なテーマ、根底にある何らかの思想をバルザックが最初に掘り下げたのは、一八三一年の小説においてなのである。(63)

ファルコネによると、一八三一年の初版では精彩のあった文体が、残念なことに版を重ねるごとにそれらの表現が削除されるか、より簡潔な言い回しに置き換えられたという。(64) こうした原因の一つに、作家に対する検閲の厳しさと誹謗中傷があったことは疑う余地がないだろう。わずか一カ月で削除された作家の手になる「序文」と、初版では精彩があった文体が徐々に変化していくこととは何か関連があるのだろうか。ファルコネはテクストの変遷を詳細に検証し、次のように論述している。

彼〔バルザック〕が言わんとしていた極めて重要なことは、すでに一八三一年のテクストに描かれていた。ということは、我々が検討してきた長きにわたる改訂に関する仕事は、思想そのものよりも思想の表現だけを対象としたものであったということであろうか。(65)

ファルコネは、思想の表現のみにとらわれることなく、思想そのものの研究にも目を向けるべきだと考えている。

これまで『あら皮』をめぐる研究について述べてきたが、現在『あら皮』は、「欲望や生と死（エネルギー）などの哲学的なテーマを含んだ現実的な小説」という見方が有力である。だが、既に述べたように、『あら皮』は初版の段階から写実的風俗小説集ではなく幻想的哲学小説集に分類され、現在も「哲学的研究」の中に置かれている。そのうえ、作品には「幻想に隠された壮大な構想」があるという。『あら皮』に描かれた「哲学的研究」もその構想と何か関連があるのではないか。だが、そうであるならば、「幻想に隠された壮大な構想」が判明しないかぎりその答えは見つからないだろう。そして、それを解明するためには多方面からのアプローチが不可欠となる。

そこで、本書では、『あら皮』の「現実」と「幻想」、「風俗研究」と「哲学的研究」とは何か、「〈あら皮〉＝護符」の意味するものの解明を三本の柱とする。パラテクストとテクストを詳細に分析・考察することで、それぞれが抱える問題や疑問点が解決できれば、その答えが朧気ながら見えてくるのではないか。そして、最終的には、そこからフィラレート・シャールの言う「幻想に隠された壮大な構想」とは何かを導き出したい。

第一部

ラブレーから読み解くパラテクスト、そして〈あら皮〉に刻まれた文言

第一章　「エピグラフ」の問題点

1　「エピグラフ」のデッサンと指摘された誤謬

ジェラール・ジュネットによれば、エピグラフとは、「一般には作品の冒頭ないし作品の部（章）のはじめに置かれた引用（句）」である。[1] エピグラフの実践は十八世紀に盛んとなるが、小説のエピグラフがイギリスからフランスに広まるのは十九世紀初頭である。これは、歴史的、哲学的小説と文化的伝統を統合しようとする動きによるものであり、その中心人物はノディエ（一七八〇―一八四四）、スタンダール（一七八三―一八四二）、ユゴー（一八〇二―一八八五）であった。[2] ジェラール・ジュネットは、エピグラフの機能を直接的機能と間接的機能に分け、それぞれに二つの機能があると述べる。直接的機能の第一はタイトルを解明し説明する機能であり、直接的機能の第二はテクストの意味を明確にするかあるいは強調する注釈機能である。間接的機能の第一で重要となるのは、エピグラフに引用された作者の名前である。つまり、本質的なのはエピグラフが語る内容ではなくその原作者が与える信用の効果である。ロマン主義の時代に最も引用されたのはシェイクスピアで、スコットやバイロンがこれに続いた。間接的機能の第二は、エピグラフの存在そのものが、エクリチュールの時代や文化、ジャンルを表す。[3]

十九世紀初頭のロマン主義時代にはエピグラフが多くみられたが、古典主義と写実主義の時代のエピグラフは少なめであった。バルザックの場合、初期作品の『ジャン＝ルイ』や『ビラーグの女相続人』は多くのエピグラフを持ち、各章にエピグラフがついたものもあったが、それらは匿名や架空の人物であった。リュシアン・フラピエ＝マジュールによると、後に『人間喜劇』に統合される作品のうち、『ふくろう党』、『カルヴァン派の殉教』、『サラジーヌ』、『十三人組物語』、『ルイ・ランベール』、『現代史の裏面』など二十三篇の作品のプレオリジナルではエピグラフをもっていたが、これらは早ければ初版の段階で、遅くとも『人間喜劇』のフュルヌ版（一八四五年）で削除される。バルザックは歴史的、幻想的ないし哲学的な物語から風俗研究に向かうときに、エピグラフを削除する傾向があるという。[4]『あら皮』のエピグラフが初版から現在に至るまで残され続け（一八三三年版を除く）、さらにフュルヌ版で、「科学アカデミー会員、サヴァリー氏に捧げる」[5]という献辞が追加されたのは例外なのである。[6]当初、『セザール・ビロトー』のために用意されていた『ゴリオ爺さん』の「すべては真実だ《オール・イズ・トゥルー》」というエピグラフの文言は、物語の写実的意図を強調しており、ジュネットは、エピグラフにデッサンや楽譜などの非言語的な生産物を引用する例として『あら皮』に言及している。[7]

LA PEAU DE CHAGRIN

STERNE,
Tristram Shandy, chap. CCCXXII[1].

À MONSIEUR SAVARY
MEMBRE DE L'ACADÉMIE DES SCIENCES[a2]

LE TALISMAN

Vers la fin[b] du mois d'octobre dernier, un jeune homme entra dans le Palais-Royal au moment où les maisons de jeu s'ouvraient, conformément à la loi qui protège une passion essentiellement imposable. Sans trop hésiter, il monta l'escalier du tripot désigné sous le nom de numéro 36[c3].

« Monsieur, votre chapeau, s'il vous plaît ? » lui cria d'une voix sèche et grondeuse un petit vieillard blême accroupi dans l'ombre, protégé par une barricade, et qui se leva soudain en montrant une figure moulée sur un type ignoble.

Quand vous entrez dans une maison de jeu, la loi commence par vous dépouiller de votre chapeau. Est-ce une parabole évangélique et providentielle ? N'est-ce[d] pas plutôt une manière de conclure un contrat infernal avec vous en exigeant je ne sais quel gage ? Serait-ce pour vous obliger à garder un maintien respectueux devant ceux qui vont gagner votre argent ? Est-ce la police tapie dans tous les égouts sociaux qui tient à savoir le nom de votre chapelier ou le vôtre, si vous l'avez inscrit sur la coiffe ? Est-ce enfin pour prendre la mesure de votre crâne et

図1 『あら皮』のエピグラフ。右上の紐状のものがエピグラフのデッサン，その下の2行は出典。さらにその下の2行が献辞（*La Peau de chagrin, CH,* t. X, 1979, p. 57）。

『あら皮』のエピグラフには、『トリストラム・シャンディー』から引用したデッサンが描かれ、そこに "STERNE, *Tristram Shandy*, chap. CCCXXII" と記されている。[8]（図1）『トリストラム・シャンディー』は、イギリスの作家ローレンス・スターンによって書かれた荒唐無稽な喜劇小説で、ラブレーの『ガルガンチュア』、セルバンテスの『ドン・キホーテ』の影響を受けていると言われている。エピグラフのデッサンは、『トリストラム・シャンディー』第九巻第四章でトリム伍長が空中に描いた指揮棒のデッサンと酷似しているのだが、それにしても、バルザックはどうして最後まで『あら皮』のエピグラフを削除しなかったのだろうか。

バルザックは、このデッサンがなにを意味しているのか明言しておらず、プレイヤード叢書の注でシトロンは、デッサンは『トリストラム・シャンディー』三二二章ではなく三一二章の冒頭にある、と引用箇所の誤謬を指摘している。[9]『トリストラム・シャンディー』の初版（英語版・一七六〇年）は、第一巻二五章、第二巻一九章、第三巻四二章、第四巻三二章、第五巻四三章、第六巻四〇章、第七巻四三章、第八巻三五章、第九巻三三章、の全九巻総計三一二章で構成されており、デッサンは二八三章後半に描かれている。[10] しかしフランス語版『トリストラム・シャンディー』の一七八四年と一八〇三年版は、第一巻五四章、第二巻一〇二章、第三巻九八章、第四巻九七章、の総計三五一章から成り、[11] デッサンは第四巻六八章（全体を通算すると、三二二章にあたる）の後半にある。[12] 一八一八年版は総計三五三章で構成されているが、[13] デッサンは三二二章の後半に描かれている。[14] 三一二章は一七八四年、一八〇三年、一八一八年の各版ともにフランス語で四行と、いずれもそれ自体短く、冒頭云々を語れる長さではない。[15] 一八七七年版は章立てが通し番号となって

発行年	総計	デッサンのある章
1760-67 年（ロンドン版初版。英語版）	312 章	283 章後半
1784 年，1803 年（フランス語版）	351 章	322 章後半
1818 年（フランス語版）	353 章	322 章後半
1877 年（フランス語版）	353 章	322 章後半

表 1　『トリストラム・シャンディー』各版におけるデッサンのある章。

おり、総計三五三章で構成されているが、デッサンは三二二章の後半にあり[16]、三一二章は同じく四行という短さである[17]。つまり、三二二章にせよ二八三章にせよ、デッサンは冒頭ではなく後半に描かれている。なぜ引用箇所が誤謬とされたのかはわからないが、いずれにしても、バルザックがエピグラフに記した「三二二章」という引用箇所は間違ってはいないのである。（**表 1**）

また、『トリストラム・シャンディー』のデッサンが細い垂直なウェーヴであるのに対し、『あら皮』では水平な曲線のウェーヴである。ピエール・シトロンは同じ注で、『トリストラム・シャンディー』は独身者の自由について述べているが、『あら皮』は「結婚」や「女性」を対象にした作品ではなく、バルザックはスターンと同じような意味合いでデッサンをしているのではないことは明白である、とふたつのデッサンの関与をはっきりと否定し、「バルザックは運命が重要な役割を果たす小説の冒頭で、皮肉にも自由を描きたかったのだろうか」と記している[18]。以下は、デッサンが描かれている『トリストラム・シャンディー』第九巻第四章（一八〇三年版では三二二章[19]にあたる）の会話である。

「生涯捕われの身になってしまうくらい悲しい事はなく、また、自由の身であるくらいありがたい事もありません」と伍長は続けた。「そうだな、トリム」

叔父トゥビーも物思いにふけるような様子で申しました。「人間、自由の身でさえあれば」伍長はそうさけぶと、手の指揮棒をこんな具合に素早く動かしました。[20]

こう言って、伍長が指揮棒で空中に描いたのが左ページのデッサン（図2）である。『あら皮』（フュルヌ版）のデッサン（図3のV）と『トリストラム・シャンディー』のデッサンを比較してみると、向きが反対に描かれているが双方が酷似していることがわかる。

『あら皮』のエピグラフは図3で示すように、Vのフュルヌ版で、向きが反対に描かれることを除けば、バルザックの生前にはあまり変化は見られないが、一八五五年に〈あら皮〉をヘビの皮だと思い込んだ編集者が、Ⅵのようにヘビの形に変化させている。[21] さらに一八七〇年版（図4）はよりヘビに近い形に変化しており、一九六四年のガルニエ版のエピグラフにも同じデッサンが使われている。[22]〈あら皮〉はロバの皮という設定なので、これは編集者のミスと言わざるを得ないだろう。しかし旧約聖書におけるヘビは、エデンの園で善悪を知る木から木の実をとって食べるようにエバに進言した「悪しき誘惑者の象徴」である。[23] 小説の主題が「欲望」であるならば、不可解な曲線にするより、むしろヘビのほうが作品のエピグラフに相応しい。では、なぜバルザックはヘビにしなかったのだろうか。このことは、ラブレーの喜劇技法と関係がありそうだ。この問題を考察する前に、『パンタグリュエル』の扉絵について少し述べておこう。

図 4　『あら皮』1870 年版と 1964 年版（ガルニエ版）のエピグラフのデッサン。

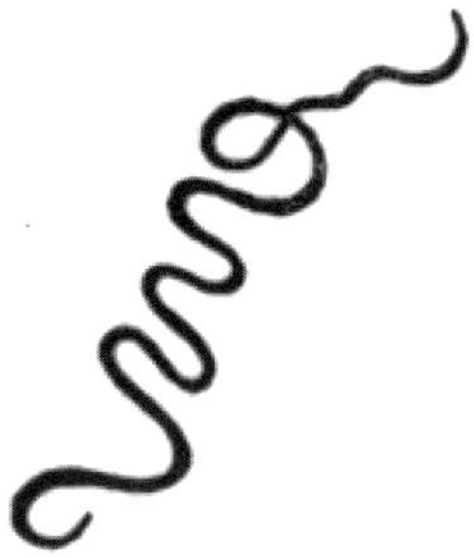

図 2　『トリストラム・シャンディー』322 章の挿絵（1803 年版）。

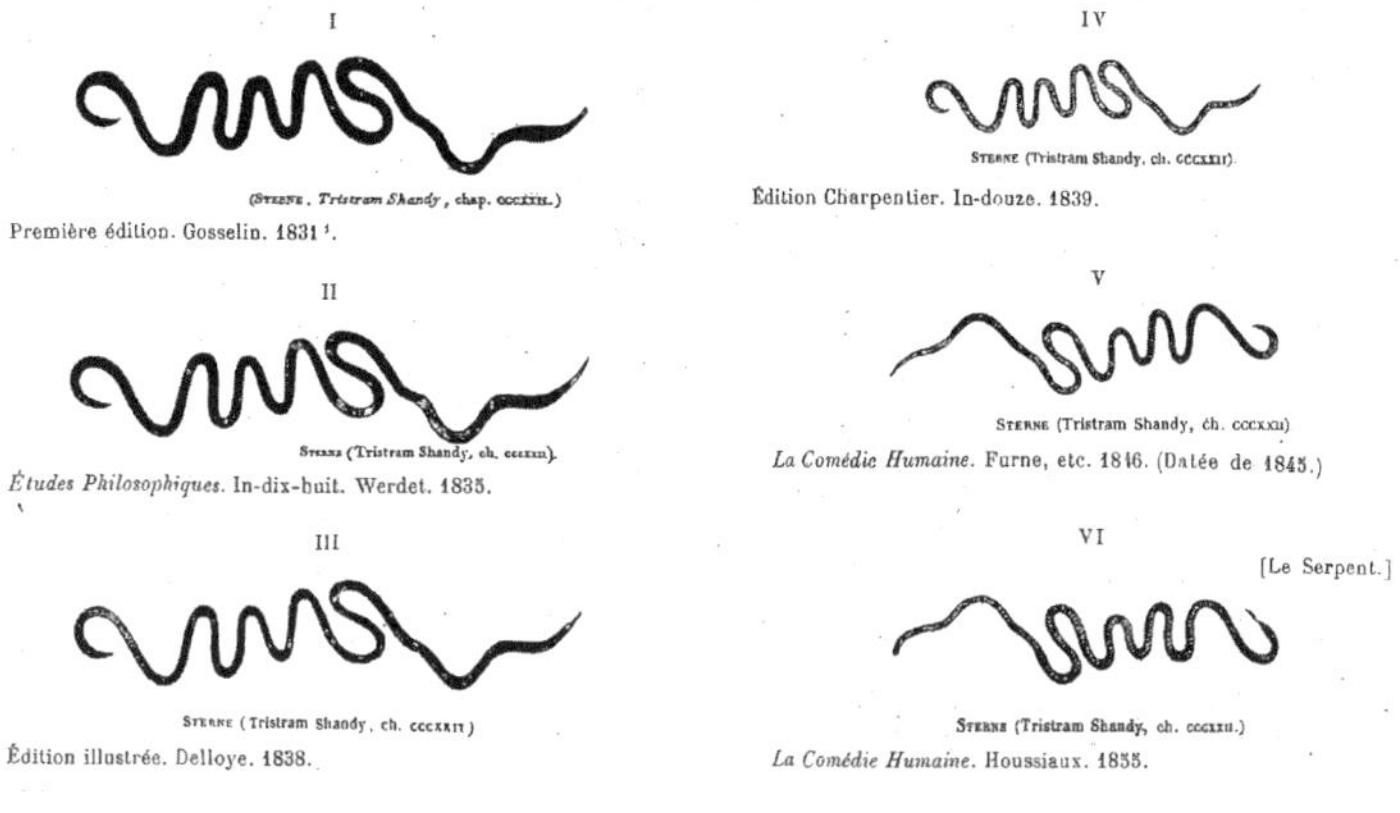

図 3　『あら皮』エピグラフのデッサンの変遷（1833 年版はデッサンが削除されている）：Ⅰ（1831 年版），Ⅱ（1835 年版），Ⅲ（1838 年版），Ⅳ（1839 年版），Ⅴ（1845 年版），Ⅵ（1855 年版）。

2　ラブレーの喜劇技法

現在『パンタグリュエル』と呼ばれている荒唐無稽な物語は、一五三二年にフランソワ・ラブレーのアナグラムであるアルコフリバス・ナジエ（Alcofrybas Nasier）の筆名で刊行された。[24] その後、一五三五年に現在の『ガルガンチュア』が同じアナグラムで刊行されるのだが、息子の物語が先に書かれ、その父親の物語が後に書かれたことから、現在ではガルガンチュアの物語が「第一之書」、パンタグリュエルの物語が「第二之書」と呼ばれている。[25] ドイツでは、一五一七年にマルティン・ルター（一四八三―一五四六）が宗教改革の火付け役となり、一五三〇年代後半にはプロテスタンティズムが勃興した。ラブレーの頃のフランスは、ユマニスムを取り入れた福音主義運動が盛んとなり王もこれを認めていたが、一五三四年に「檄文事件」が起こる。これは教義ならびに教皇に対する痛烈な罵倒文が、アンボワーズ城の王の寝室の扉にまで貼られた事件である。フランソワ一世は直ちに宗教改革運動に大弾圧を下した。[26]『パンタグリュエル』は、一五三三年十月にパリ大学ソルボンヌ神学部から不敬書として禁書扱いを受け、『ガルガンチュア』はこの檄文事件の直前に上梓されていたため、身の危険を感じたラブレーは、一五三五年の二月から六月まで勤務していたリヨン市立慈善病院から姿を消している。一五四六年に初めて本名で出版された「第三之書」は、出版するや否やパリ大学から禁書処分を受けている。

マイケル・スクリーチは、『パンタグリュエル』の扉絵について次のように述べている。「パンタグリュエル」（Pantagruel）は中世伝説中の小悪魔パンタグリュエル（Penthagruel）を連想させることから、この表題だけを読めば、騎士道物語のパロディー版だと予想する人が多いだろう。しかしこの書のタイトルページ（図5）は、ローマ法の学術的専門書のような重厚な仕上がりになっていて、このタイトルページからは、騎士道物語のパロディーだとは想像し難い。ページの天地、左右を縁取っているこの額縁状の飾り《ボーダー》は、ジャン・ダヴィッドがリヨンの法律専門の版元のために印刷し、ローマ法の専門書に使われてきたものであり、これが使用されたのは二十点で、そのほとんどが法律書の表紙を飾り、『パンタグリュエル』は例外であるという。『パンタグリュエル』の版元であるクロード・ヌーリーがこのボーダーを使用した経緯は不明であるが、マイケル・スクリーチは、ヌーリーが『パンタグリュエル』の法律的風刺に着目して、この扉絵に意識的に使った可能性が高いと推定している[27]。スクリーチは、従来、法律書のみに使われていたボーダーを『パンタグリュエル』の扉絵に使うことで、ラブレーが『パンタグリュエル』には法というバイアスがかけられていることを暗示しており、こう

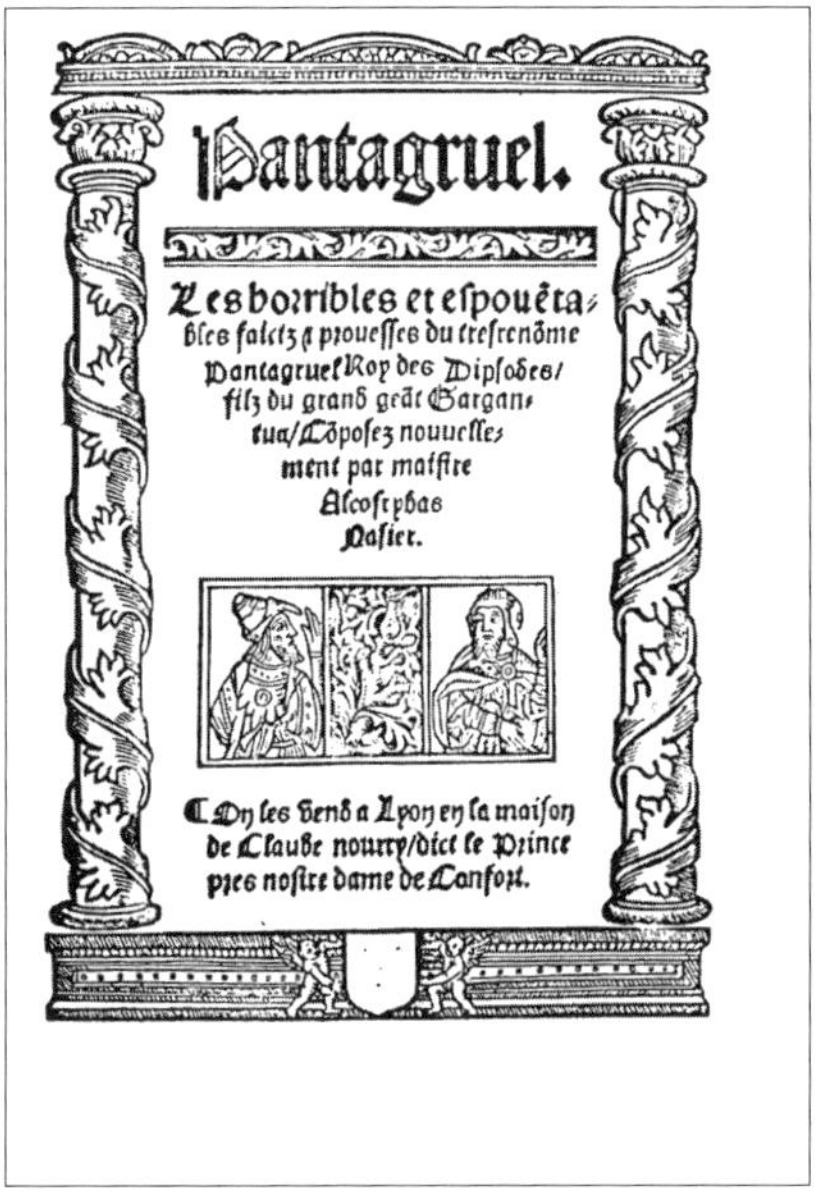

図5　『パンタグリュエル』初版のタイトルページ。

することで曖昧さを効果的に引き出し、テクストの意味作用を二重にしているという。

宮下志朗氏は、このスクリーチの解釈に対して、「もちろん法律に関わるディスクールが『パンタグリュエル』の一つの特徴であることぐらいは分かっていた。それでも作品の輪郭がおぼろげで、どうもしっくりこなかったのである。それが表紙の段階で法律をめぐる劇作というバイアスがかけてあると指摘されて、ややもやが晴れた。いくつか思い当たるふしがあったのである」と述べている。[28] このように、ある角度からはAに見えるものが別の角度からはBに見える「反転図形」様のラブレーの特徴は、道化服の縞模様に例えられポリフォニー（多声性）と呼ばれてきた。[29] 作家の喜劇技法がちりばめられた荒唐無稽な『パンタグリュエル』のテクストは、さまざまな声で読み手に問題提起し思索を促していると言われている。

自由を語る場面から引用した『あら皮』のエピグラフも曖昧さを引き出し、テクストに二重の意味作用があることを暗示しているのではないだろうか。

『あら皮』の「モラリテ」で「テレームの僧院」に言及していることから、バルザックが『パンタグリュエル』を読んでいたことは明らかであり、自身、若いころに法学部の講義を聴講し法律事務所で働いた経験もあるため、法律書のボーダーについて知識があったと思われる。バルザックは『神秘の書』の「序文」に、当時の出版業界が置かれていた状況を記している。

今日、我々は懲罰委員会の発行停止処分に脅かされている。〔……〕多くの作家たちは、どんな代価を払ってでも生きることを強いられ、権力に身を委ねている。そして、この耐え難い必要の実例は、昨今確立された自由主義の支配下において、自由主義に打ち倒された寛大な君主制の時よりも、より多く見られるのである。自由でいたいと望む人間はひどく耐え忍んでいる。誹謗中傷が彼の戸口に座って、彼の柩を待ち、侮辱の言葉をかけようと柩に付き添わなければ幸いである。[30]

当時のバルザックへの圧力について、ピエール・バルベリスは次のように述べている。

バルザックのテクストは現実に書かれたものであるが、他方では何らかの圧力や強い規制によって禁書処分を被り、逸脱させられ、変形させられたものがある。[31]

これらの記述は、バルザックに対する圧力がいかに強かったかを示すものである。七月革命から三カ月経過したフランス社会において、「自由主義」の支配下で発行禁止処分を恐れながら耐え忍ぶことを強いられる現実。自由でありたいと願う人々がひどく苦しむ社会の中で、『トリストラム・シャンディー』の伍長が言った「人間、自由の身でさえあれば」という言葉は、『あら皮』の作家の心情でもあっただろう。ラブレーが法律書のボーダーを『パンタグリュエル』の扉絵に使うことで、その書に法のバイアスがかけてあることを読み手に伝えようと試みたように、バルザックもまた、「自由」を語る場面のデッサンを引用することで、この書が「自由」に関連する書であることを読み手に伝えたかったのだろう。つまり、『あら皮』のエピグラフは、「悪しき誘惑者の象徴」として「ヘビ」をイメージさせることで主題が「欲望」であることを強調しつつも、他方では、「ヘビ」にしないことで、『トリストラム・シャンディー』の自由との関連性を読み手に伝えていると思われる。作家自身の「序文」と「モラリテ」が早い段階で消失した『あら皮』からエピグラフも削除してしまったら、この書と「自由」との関係が永遠に読み手に伝わらないかもしれないとバルザックは考えたのではないだろうか。したがって、フュルヌ版で『あら皮』のエピグラフが削除されなかったのは、このエピグラフが、ジュネットの分類でいう直接的機能の第二であるテクストの注釈的役割を担っていたからであろう。だが、ここで、もう一つの疑問が生まれる。なぜ、同じではなく酷似したデッサンなのかという点である。これもラブレーの喜劇技法の影響ではないだろうか。

ラブレーは禁書処分と闘い続けた作家であった。偽作かも知れない『第五之書　パンタグリュエル』を除く他の四巻は、いずれもパリ大学ソルボンヌ神学部の検閲の結果禁書処分となるか、パリ最高法院から危険思想の書として告発されている[32]。『第三之書　パンタグリュエル』は上梓とほとんど同時に禁書となったが、その理由は、ame（＝ âme 霊魂）とあるべきところが asne（＝ âne 驢馬）となっていて、「瀆聖・不敬」であるとみなされたことにあった。当時 ame を asne と記す伝承的な喜劇技法は既にあり、ラブレーに初めて見られた技法ではないが[33]、禁書に対しラブレーは、印刷屋が誤植したのであって自分には責任がないと抗議した。しかし、「ラブレーには「不敬」と疑われる要素がそろっており、彼の印刷屋の誤謬説が真っ赤なウソである可能性が極めて高く、誤植という抜け道を用意したのは、彼の言動への非難を回避する狙いがあったのではないか」と渡辺一夫氏は述べている[34]。ラブレーがMとNの誤植を用いて検閲から逃れようとしたように、バルザックも酷似したデッサンを描くことで、万が一、悪意ある批評家たちに作家の意図が読み取られてしまった場合には、「このデッサンは『トリストラム・シャンディー』のデッサンと似てはいるが同じではないので、スターンと同じ意味合いで描いているのではない」という逃げ道を用意していた可能性もあるだろう。『あら皮』のエピグラフは、バルザックの喜劇技法の一つであると言えるのではないだろうか。

このように、バルザック作品の中で例外的な経緯を辿ったエピグラフひとつとってみても、この作品が作家にとっていかに重要な意味を持ち、特別な存在だったかが窺えるのである。

第二章　「モラリテ」の分析と考察

1　架空の引用と「テレームの僧院」の自由

作家の手になる「モラリテ」は、既に述べたように、初版と第二版のみに付され、一八三三年版以降、削除されており、現在ではごく限られた版に辛うじてその形跡を留めているに過ぎない。例えばプレイヤード叢書においては、「ノートとヴァリアント」の最後に付されているが、よほど注意しない限り、「モラリテ」の存在に気づくことはないだろう。また、これまで『あら皮』の主題は「欲望」であると考えられてきたが、以下で見るように、「モラリテ」の内容は必ずしも「欲望」とは一致しない。作品の教訓ともいえる「モラリテ」がなぜ主題と一致しないのか、これが「モラリテ」における最大の疑問である。バルザックが、「モラリテ」で読み手に一番伝えたかったのは何だったのだろうか。まずはその内容を確認してみよう。

モラリテ(1)

(1) 博学で厳格、さらにはトゥーレーヌ地方、シノン出身である偉大なるフランソワ・ラブレーは次のように語る。

(2)「テレームの僧院に暮らす人々は、彼らの人生(peau)を大切にし、悲しみ(chagrin)を少なくするのに長けた人たちであった」

(3) 何という素晴らしい格言!――気楽な!――何と勝手な格言であろうか!――永遠なるモラル!……『パンタグリュエル』はこのモラルのために書かれ、このモラルは『パンタグリュエル』のためにある。

(4) アルコフリバス先生の愉快な旅路へ、ソースも、ハムも、ワインも、淫蕩もない霊柩の馬車を導いたことで、作家がかなりの批判を受けるのは当然のことであろう。嘲笑家たちの中でも最も痛烈な一人であるアルコフリバス先生の不滅の諷刺は、まるで人類の未来と過去を貯蔵庫の中に捉えているかのようだ。

(5) しかしこの作品は、穏やかなトゥーレーヌ地方の一人の哀れな提灯国の人により、彼の像の礎石のために運ばれたすべての石の中で最も目立たないもののひとつなのである。

この「モラリテ」には多義語や曖昧な表現が多く使われていて、それはまるで作家が故意に難解な文章に仕上げているかのような印象すら与える。興味深いのは、あたかもラブレーを引用したかのように書かれている（2）の文章が、実際にはバルザック自身によるものであるという点である。[2] 仏仏辞典『宝典《トレゾール》』によると、邦訳では「あら皮」と訳されているLa Peau de chagrinの≪peau≫は、「動物の皮」以外に、「肌」、「人生」、「生命」を意味し、[3] ≪chagrin≫は、「なめし皮」の他に「憂悶」や「悲しみ」の意味を有する。[4]（2）での≪peau≫は「人生」、≪chagrin≫は「悲しみ」の意味で使われていると考えられ、この場合、La Peau de chagrinは「悲しみの人生」と訳すことができる。なお、フィラレート・シャールの序文には、『あら皮』は「人間の人生を表現したもの」と記されている。この文章では、≪peau≫と≪chagrin≫が〈あら皮〉とは別の意味で使われていることに注目すべきであろう。バルザックは『あら皮』で多義語を多く使用しているが、この文章で表題や言葉の意味が一つとは限らないことを示している。プレイヤード叢書の注釈でシトロンは、≪chagrin≫自体が≪peau≫の意味を有するがゆえに、≪peau de chagrin≫はフランス語としては誤りであるが、≪chagrin≫の中に「悲しみ」のコノテーションがあるため、必要な誤りであると述べている。[5] また「人生」を意味する≪peau≫は、当時俗語に属していたことも述べておく必要があるだろう。[6] 十九世紀にはいると隠語や大衆的な俗語的表現が増加するが、「正しく美しいフランス語」を求める文壇や読者はそれらを禁止しようとしたという。[7] 出版の自由がほとんどなかったこの時代において、とりわけこうした語に対する検閲が厳しかったであろうことは想像に難くない。

バルザックの敬愛する二人の作家も作品を書く上で独自の言語的試みを行っている。ダンテは『神曲』を、庶民が読んでも理解しやすいようにと、ラテン語ではなくトスカーナ地方の言葉で書いた。[8] また、ラブレーが『パンタグリュエル』を上梓した頃はフランス語が書き言葉として認知されはじめた時でもあった。一五三九年には、王命により司法関連の書はフランス語で書くことが定められ、ラテン語や地域言語の使用が禁止された。ラブレーは、フランス語の単語の綴りや統辞法がまだ不安定なことを逆手に取り、言語表現を自由に操っている。[9]

そしてバルザックも、「正しく美しいフランス語」を推奨する文壇の中で、俗語や隠語を積極的に使用した作家であった。泉利明氏は、「十九世紀フランスの隠語研究」の中で、フランス革命後の人間の姿を生き生きと描くために俗語や隠語を導入した小説家としてバルザック、ユゴー、ゾラの名を挙げている。[10] 例えばバルザックは、『娼婦盛衰記』の中で、泥棒が「眠る」という動詞に « dormir » ではなく、隠語の « pioncer » を使用した。彼は、追い詰められ疲れ果てた泥棒が安全な状況下で深い眠りに落ちる場合の「眠る」は、« pioncer » という言葉によって泥棒独特の深い眠りを力強く表現できると記している。[11] また、馬鈴薯や銀行券を例に挙げ、「隠語はたえず変化する」と述べている。[12] バルザックが俗語を積極的に使用した作家であることを考慮すれば、『あら皮』の著者がラブレーの喜劇技法を模倣し、表題の *La Peau de chagrin* に遊び心を加えて、「あら皮」と「悲しみの人生」、二つの意味を持たせた可能性もあると考えられるわけだが、ここでは、あくまで「その可能性もある」という程度にとどめておこう。

それにしても、作家はなぜ架空の引用をしたのだろうか。厳しい検閲体制のなか、バルザックに対する同業者たちの批判は七月革命直後から一層鋭さを増していく。そんな状況に置かれたバルザックが、テクストやパラテクストを守るために講じた手段が「架空の引用」だったのではないだろうか。表題が二重の意味を持つとすれば、引用文としてイタリック体で表記することで、自然な文体の中に沈めて目立たぬようにする一方で、読み手に注意を喚起することができる。万が一、悪意ある批評家たちに俗語の使用やタイトルの二重性を気づかれたとしても、引用文ということで自分への責任追及を回避することができる。したがって、「架空の引用」は、悪意ある批評家たちの目を逃れ、読み手に言葉の意味が一つとは限らないことを伝えるための手段だったと考えられる。

一八四五年、バルザックは『ふくろう党』について次のように述懐している。

> これは私の最初の作品で、成功を収めるまでに時間を要した。私はどうしてもこの作品を守ることができなかった。私は大きな計画に取り組んでいたので忙しく、この作品はそこでは、ごくわずかな位置を占めていたにすぎなかった。(13)

作者は『あら皮』の約二年前に刊行された『最後のふくろう党』(一八二九年)をどうしても守ることができなかったと記している。こうした経験を踏まえ、『あら皮』には、作品を守るための作家の技巧がさらに慎重に施されており、その一つとしてこの「架空の引用」がなされたといえるのではないか。

(3)の「素晴らしい格言」とは「汝の欲することを行え」であろう。ラブレーは、この言葉を唯一の戒律としてテレームの僧院で楽しく生活する善男善女を描いている。戒律に縛られた当時の修道院とは正反対の「テレームの僧院」では、欲することを行うことが戒律である。「気楽な！——何と勝手な格言であろうか！」はバルザックの自由への羨望が窺われるところでもあり、怠惰と利己主義が民主主義を代表する二大産物であると考えれば揶揄的表現でもある。バルザックは、『追放された者たち』の序文で、フランスでは最も崇高なダンテでさえも一度も栄誉を手にしたことがなく、光を伝えるはずの者たちが闇しか提示してこなかったと述べている。[14] キリスト教では、「光を伝える者」は聖職者であり、「闇」は罪や悪徳を意味するので、この文章からは、フランスで聖職者が広めたものは悪徳だったと読み取れる。ラブレーへのオマージュは、（3）の「永遠なるモラル！……『パンタグリュエル』はこのモラルのために書かれ、このモラルは『パンタグリュエル』のためにある」という文章に表れている。

（4）のアルコフリバスとはフランソワ・ラブレーのアナグラムである。「ナジエ」はラテン語《Nasus（鼻）》が転化したものであり、[15] 当時、「異端の書」を読んだ廉で国外追放の身となったラブレーは、腐敗していく時代の臭気を嗅ぎ分けるための「大きな鼻」を持っていたと言われている。[16]『パンタグリュエル』の荒唐無稽なストーリーは、当時の因習に凝り固まった修道士や難しいことばかりを教える教師たちの滑稽さを表現する一方で、人生を自由に楽しみ謳歌するガルガンチュアたちの姿を描いている。ラブレーは、規則に縛られた当時の修道院を風刺し、それとは正反対のテレームの僧院を描いた。つまり、彼は破天荒なストーリーの中で社会を厳しく批判しながら、人生を楽しく自由に生きることの重要性を説いている。これに対し『あら皮』の主人公は、不思議な皮の力で贅沢な生活を楽しむのだが、最後はハムもワインもない死へと至るので、作家が非難されるのは当然であるということではないだろうか。「人類の未来と過去を貯蔵庫

料金受取人払郵便

綱島郵便局
承認
2334

差出有効期間
2025年12月
31日まで
(切手不要)

郵便はがき

223-8790

神奈川県横浜市港北区新吉田東
1-77-17

水声社 行

御氏名(ふりがな)	性別 男・女	年齢 才
御住所(郵便番号)		
御職業	御専攻	
御購読の新聞・雑誌等		
御買上書店名	書店	県 市 区　町

読　者　カ　ー　ド

お求めの本のタイトル

お求めの動機

1. 新聞・雑誌等の広告をみて（掲載紙誌名　　　）
2. 書評を読んで（掲載紙誌名　　　）
3. 書店で実物をみて　　4. 人にすすめられて
5. ダイレクトメールを読んで　　6. その他（　　　）

本書についてのご感想（内容、造本等）、編集部へのご意見、ご希望等

注文書（ご注文いただく場合のみ、書名と冊数をご記入下さい）

［書名］	［冊数］
	冊
	冊
	冊
	冊

e-mailで直接ご注文いただく場合は《eigyo-bu@suiseisha.net》へ、
ブッククラブについてのお問い合わせは《comet-bc@suiseisha.net》へ
ご連絡下さい。

（Serre）の中に捉えているかのようだ」は、自由のない窮屈な人類の未来と過去を示唆しており、« Serre »には「圧力」の意味もあるので、[17] 圧政下で苦しむ人類の過去と未来を暗示しているとも解釈できる。

（5）の「提灯国」は、『パンタグリュエル』第五巻に描かれている架空の国である。知恵と悪戯に長けているパニュルジュは、自分の結婚問題となると一向に決められない。見かねたパンタグリュエルが占いを勧め、一行はいろいろな島々を訪れ、最後に北インドあたりのランテルノワ国（提灯国）の港に着き、ついに徳利明神のお告げをいただく。ラブレーとバルザックは二人とも、かつてのトゥーレーヌ地方の出身であるが、後に続く文章から、「トゥーレーヌ地方の一人の哀れな提灯国の人」とは、バルザック自身のことを指しているのであろう。つまり、『あら皮』は、ラブレーの像の礎石のために運ばれたすべての石の中で最も目立たない作品のひとつであると謙虚に述べるこの文章からは、偉大なラブレーへの尊敬の念が読み取れる。

このように「モラリテ」の文章は諷刺や多義語に満ちていて、この文章からだけでは作家のメッセージを的確に推測するのは困難である。しかしながら、「テレームの僧院」、「汝の欲することを行え」、「アルコフリバス」、「貯蔵庫の中に捉えられているかのような人類の未来と過去」からは「自由」という言葉が導き出されてくるのである。

多くの批評家が『あら皮』に対し悪意ある批評をする中で、好意的な評価をした政治評論家のモンタランベールに宛てて、バルザックは次のように感謝の言葉を綴っている。

私の著書の中に隠されている奥深い教訓の目的は、形式しか見ようとしない悪意に満ちた批評家たちの目から逃れており、少数の批評家が、粗野なうわべから私の意図を引き出そうとしていることを知ったとき、とても感動したことをお伝えします。[18]

「幻想に隠された壮大な構想」と同様に「奥深い教訓の目的」も、批評家たちの目から逃れているとバルザックは告げている。それらは、「モラリテ」から引き出された「自由」とどのようなつながりがあるのだろうか。

2　バルザックの自由観

バルザックの自由観は、『あら皮』や『ルイ・ランベール』にも登場するスウェーデンボルグ（一六八八―一七七二）の思想に影響を受けているといわれている。彼によれば、神は愛と知恵（スウェーデンボルグは「善」と「真理」とも呼ぶ）であり、神の愛を受け入れ取り込むのは人間の「意志」であり、神の知恵を受け入れるのは「理解力」である。「意志」とは、意思決定だけでなく、欲求、愛などの人間心理の根源的な要素の総称であり、「理解力」とは知性、理性など、二次的に派生する要素の総称である。[19] 意志が受け取る神的な愛は、「愛」、「善」と総称され、理解力が取り込む神的な知恵は「信仰」や「真理」と総称される。[20]

また「自由意志」とは、自分が喜ばしいことをする能力であり、現世の人間には本来的に備わっているのだが、現世では何らかの制約から自由に振舞うことを控えることもある。しかし、霊たちの世界に入り、「内部の状態」に達すると「自由意志」を遮る制約はなくなり、生前自らが形成した内面の性格がそのまま現れるようになるという。霊の暮らす場所も現世で犯した罪の罰を受ける所ではなく、自分が一番居心地の良い勝手気ままに振舞える所なのである。(21) したがって、「自己愛」や「世俗愛」だけを求めた者たちは、悪や虚偽を自分の善や真理とみなすため、その霊たちにとって、「神の真理」にかなった生活が求められる天界での生活は苦痛そのものであると説く。それゆえ彼は、「愛や善の行いに裏打ちされない信仰だけによって、あるいはたんなる呪文によって天界に入ることは、みみずくを楽園の鳥に変えるよりも難しい」と述べる。(22) こうしたスウェーデンボルグの思想に対し、カトリックの「神との契約」は、「自由意志」を自ら神に捧げることで成立し、神への絶対服従を意味する。(23) ダンテは、煉獄山の頂上に地上の楽園として「エデンの園」を置き、「煉獄篇・第二九歌」でヘビにそそのかされたエバの行為を激しく非難している。

やがてうるわしい楽の音《ね》が、光り輝く空くまなくとよもす。よって私は、正しい憤りに駆られ、エバの浅はかな肝太《きもぶと》さを責めた。
エバは、地も天もおん神にまつろうていた時しも、創られたばかりの唯一人《ひとり》の女でありながら、生まれたままの状態に甘んじようとしなかった。(24)

「生まれたままの状態」とは木の実を食べる前の無知の状態のことを指している。(25)「創世記」三章には、へビにそそのかされたエバの行為が記されている。「その木の実を食べると、君たちの目は開け神のようになり、善悪を知るに至ることを神は知っている」とヘビが告げると、エバはまずその実をとって食べ、次にアダムにも食べさせた。ダンテは、このようなエバの大胆な行為を非難し、もしエバが罪を犯すことがなかったら、天国で永遠の祝福を受ける前に、自分はもっと長くそこで幸福な生活を送れたであろうと嘆いている。[26]しかし、バルザックは、『あら皮』の「エピグラフ」を『トリストラム・シャンディー』の自由について語る場面から引用し、「モラリテ」で「テレームの僧院」を称賛している。「創世記」がヘビを誘惑者の象徴とみなすのに対し、『トリストラム・シャンディー』の方はヘビの行為は責められるべきものなのか、との視点で書かれている。エバは、神の命令とヘビの進言を熟考した上で、自らの意志によって禁断の木の実を口にしており、ここでのヘビは「自由に導く知の象徴」として描かれている。

この違いは、「エデンの園」と「テレームの僧院」を比較してみると理解し易いだろう。「エデンの園」の自由が神への服従、換言すれば、神から人間に与えられた最大の賜物である「自由意志〔liberté de la volonté〕」を自らの意志で神へと差しだすことによって保たれるのに対し、「テレームの僧院」の生活は「彼らの意向〔vouloir〕と自由意志《フラン・アルビトル》〔franc arbitre〕」によるもので、それまで修道院の三大誓約とされてきた貞潔・清貧・服従ではなく、婚姻も富裕も自由も認められている。[27]「テレーム」はギリシャ語で「意志」[28]を意味するが、特に注目すべきは「服従」が「自由」に変化している点である。このように「エデンの園」と「テレームの僧院」は、どちらも楽園として描かれながら、自由意志の行使という点においては対照的な展開を見せるのである。この違いは、封建的な社会の中で義務づけられる中世の自由観に対し、近代的な自由観は封建的な社会関係より個人の基本的権利が重視されるようになってきたと見ることができるだろう。フランス革命後、約二世紀半の沈黙を破りラブレーの受容が急激に高まったのも、こうした自由観の変遷に因るところが大きいのではないだろうか。ダンテとバルザックの「自由観」の決定的な相違がここに見られる。

ラブレーが自由意志を最も意識したのは、『ガルガンチュア』の第五二章から第五八章にかけて描かれた「テレームの僧院」の建築と生活様式だろう。ガルガンチュアは、ピクロコルとの戦いで武勲を立てたジャン修道士の願いを聞き入れ、これまでの修道院とは正反対の僧院の建立を許可する。そこでは結婚も富裕も自由も認められ、唯一の戒律は「汝が欲することを行え」[29]なのだ。ただし、僧院の門口には僧院に入ることが許されない者と許される者とが明示され、偽善者、善男善女を食い物にする坊主、吝嗇漢、陰謀家などは入門を許されず、良き生まれの善男善女、福音書の真義を理解しこれを布教しようとする者たちは許されるのである。[30]当時僧院に入る者は身体的・精神的に問題のある者、あるいは家の厄介者に限られていたが、ジャンは美しく聡明な善男善女を差別なく受けいれた。

彼ら〔テレミートたち〕の規則は、次の一項目のみである。「汝が欲することを行え。」なぜなら、良き生まれ（bien nez）にてしっかりと教育を受け、立派な人々と交流している自由な人間は、常に悪からは遠ざかり、美徳へと向かう本能や衝動が備わっているからである。彼らはこれを良知と呼ぶ。[31]

この「良き生まれ」（bien nez）という表現は、「良い気質を具えている」という意味である。[32]テレームの僧院の規則が一つで良いのは、良い性を持ち、しっかり教育を受け、優れた人間と交流する人々は徳行へと向かう本能が備わっているからである。[33] テレームに住む人々の言動は「オヌール」(honneur)によって動機づけられているが、一般的に名誉、体面、敬意を表すこの言葉には「良知」(syndersis)という神学上の概念が含まれているという。[34] マイケル・スクリーチによると、「良知」とは人間の魂に宿る道徳的判断や道徳的信条を指し、テレームに住む住民たちも生まれつき善を選び、悪に近づかない能力を備えており、それが「オヌール＝良知」であると述べている。[35] テレミートたちの生活と規則は次のようであった。

僧院が創設された当初、女性たちはそれぞれ気に入った服装をしていた。その後彼女たちの自由意志〔franc vouloir〕によって次のように改革が行われた。[36]

「自由意志」という言葉は初版には記されていない。[37] 作家がのちにこの言葉をわざわざ加筆したことは注目に値する。それぞれの服装は、男女が共感を呼び、結局毎日同じような衣服をまとっていたし、誰かが「飲みましょう」といえば、みんなで飲み、「遊びましょう」といえば、みんなが遊ぶのだった。この点を自由意志の角度から考えてみよう。第二の書『パンタグリュエル』では、息子に深淵なる学識の持ち主となることを望むガルガンチュアが、パリ滞在中の息子パンタグリュエルに書簡を送る。

賢者のソロモンもいうように、英知は悪意ある魂には宿らないのだし、良心のない学識は霊魂の廃墟

（ruine）でしかないのであるから、お前は神に仕え神を愛し神を畏怖しなくてはならないのだ。そして、お前の考えや希望のすべてを神に託し、慈愛により育まれた信仰によって神と一体のものとなるべきであり、罪を犯してそこから離反してはならないのだ。[38]

テレミートはしっかりした教育を受け、良識を備え、僧院内で優れた人々と交流している。彼らは「慈愛により育まれた信仰によって神と一体のものとなろうとする」人々であるとみなすことができるだろう。

Aが神と一体化することを望み、Bも、さらにCも同様に一体化するものになりたいと望んだなら、それぞれの自由意志が神の意志とほぼ同じになるので、各人の自由意志から生ずる行動も限りなく近いものとなる。（図6）

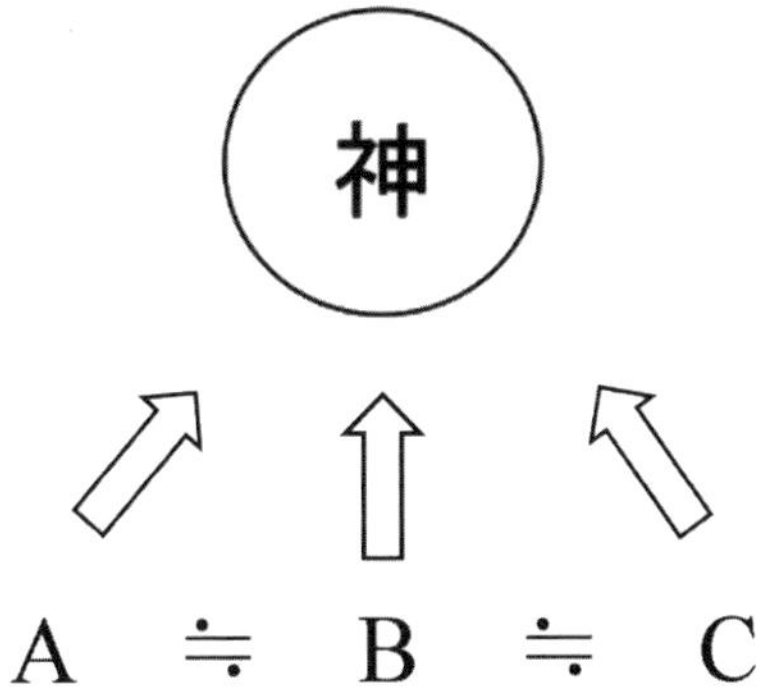

図6 「テレームの僧院」の人々。

このような自由により、テレームの人々は、誰か一人に気に入ったことがあると、称賛すべき競争心で、みんなにそうしたいという気持ちが芽生えるのである。[39]

ここでの「競争心」（émulation）とは、他の者たちより一層神に近づきたいと考える健全な競争心が芽生えるということだろう。唯一のルールは、テレミートたちを無秩序に向かわせることはしない。彼らは自由意志で行動し、徐々に集団の生活を楽しむようになっていく。テレームの僧院においては、この自主的な一致が善と見なされるのである[40]。

マイケル・スクリーチは規則と束縛について、「教育という美名の下に行われる抑圧的な束縛や、過剰なほど多数の規則を、テレミートのような人々に押し付けると、規則の類いが阻止し禁じようとした事柄を、逆に実践するように煽ってしまう[41]」と述べ、次のように続ける。

ラブレーが使用している「ひどい束縛」(vile subjection)や「屈服させられる」(asserviz)といった用語には、規則による隷属状態とテレミートたちにふさわしい高貴な自由とを、対照的に浮き彫りにしたいという意欲が感じ取れる。抑圧的な規則は、本来なら隷属というくびきを廃止し、自由に美徳へと向かっていた高貴な欲求をそらせてしまうのだ。「隷属というくびき」(joug de servitude)という言葉によって、テレミートたちの自由が、まさしくキリスト教徒の自由であることが明確になる。〔……〕高潔な人々が「隷属のくびき」を取り去って初めて、自由は、称賛に値する調和や皆を一つにまとめる(分裂を生じさせるのと正反対の)健全な競争心へと発展していく[42]。

スクリーチは、「テレミートたちの自由」は、キリスト教徒の自由を擁護し決して律法による隷属状態に逆戻りしてはならないと警告した、「ガラテヤ人への手紙」五章一節のパウロの言葉に直結すると述べ、更にラブレーが直接テクストに反映させたウルガタ版の聖書の文言 « Nolite jugo servitutis contineri » を引いている。(43)

要するに、兄弟たち、わたしたちは、女奴隷の子ではなく、自由な身の女から生まれた子なのです。(44)この自由を得させるために、キリストは私たちを自由の身にしてくださったのです。だから、しっかりしなさい。奴隷のくびきに二度とつながれてはなりません。(45)

バルザックは、一八二九年、アンリ・ド・ラトゥーシュの小説『フラゴレッタ』の書評（ナポリに関する考察）の中で、自由について述べている。

人類は、ここでは精神のエネルギーを奪われてしまっているかのようだ。そこでは人類はもう何世紀間も自由を知らずにいる。そこでは隷属の鋼の手が人間精神を圧迫している。精神は、断末魔の最期の発作が引き起こす苦悶の症状として、束の間の努力とエネルギーの閃光とで苦悶を繰り展げるしかない。(46)

ラブレーが、「隷属のくびき」を取り去ってこそ社会が健全な方向に発展すると考えたように、バルザックも「隷属の鋼の手」が人類の自由を圧迫していると考えている。ラブレーとバルザックの自由観の類似点を、ここに見出すことができるだろう。バルザックは、自由を求めながらエゴイズムに向かう人々を描き、律法の隷属状態の中で荒廃していく十九世紀の現実社会を批判する。

こうした社会批判は『あら皮』の大饗宴で繰り広げられた滑稽な議論の中でも論じられている。新聞を創刊した際に、革命の子らが口にした悲しい冗談と、ガルガンチュア生誕のおりに、愉快な酔っぱらいたちが口にした言葉の間には、十九世紀と十六世紀を隔てる深い溝があった。十六世紀が笑いながら破壊を準備しているのに対し、われわれは廃墟の中（au milieux des ruines）で笑っているのだ。(47)

ガルガンチュアの手紙には、「英知は悪意ある魂には宿らないのだし、良心のない学識は霊魂の廃墟（ruine）でしかない」と記されていた。十九世紀の人々は良心のない学識によって形成された廃墟の中にいるということだろうか？　ラブレーが廃墟を予測し笑いの中で警鐘を鳴らしたにもかかわらず、十九世紀社会を生きる我々は、すべてが荒れ果て壊れてしまった廃墟の中にいる。その要因は「隷属のくびき」であり、それが何世紀にもわたって人類の自由を奪ってしまっているとバルザックは嘆いている。そして、「隷属のくびき」を取り去ってこそ理想的な社会へと向かうことを、「汝の欲することを行え」の一言で見事に描いて見せたラブレーを「モラリテ」で称賛している。

ユマニスト、ラブレーの時代の僧院は厳しい規則に縛られていた。彼は、現実とは正反対の「テレームの僧院」を描き、そこに入る条件を「聡明な善男善女」、唯一の規則を「汝の欲することを行え」と定めた。(48)

バルザックは『神曲』に倣って宗教色に満ちた『あら皮』を描きながらも、天国を暗示する「エピローグ」で「エデンの園」という言葉を使うことなく、「モラリテ」の中で「テレームの僧院」に言及したのである。このことはルネッサンス、啓蒙の世紀、フランス革命、七月革命を経験したフランスの近代社会において、中世の「自由観」が窮屈なものとして捉えられ、人々の「自由観」が大きな転機を迎えていたことを窺わせる。『あら皮』の作家は、骨董店の主人に「知」の重要性を語らせている。十九世紀前半のアナーキーな社会に生きた作家は、個人の自由意志の行使には、モラルを逸脱しないための「思慮分別を持って行動できる知」が不可欠だと考えている。こうした観点からも、僧院にはいる条件を「知」、唯一の規則を「自由」と定めた「テレームの僧院」は、バルザックにとって非常に魅力的に映ったに違いない。要するに、ダンテにとっての理想郷は「エデンの園」であったが、バルザックにとっては「テレームの僧院」だったのではないだろうか。

ピエール・バルベリスは、バルザックのユートピアについて次のように語っている。「バルザックは、ユートピアへの移行がどのようになされるかを一切口にすることはなかったが、それは彼が、文化人や無責任な人たちが好んで行い語る空虚な言葉、繰言、繰り返し行う遊びを自らに禁じていたことを証明している。[49]」しかし、それは自らに「遊び」を禁じたというよりは、そうすることがあまりにも危険だったからだろう。『あら皮』の複雑な構造こそが、七月革命直後の閉ざされた社会とバルザックの深い悲しみを写実している。

第三章　〈あら皮〉に刻まれた文言

1　『パンタグリュエル』の扉絵と〈あら皮〉の文字配列

この章では、主人公が骨董店で〈あら皮〉を見せられる場面、特に店主の台詞に注目する。〈あら皮〉は、異様な雰囲気に包まれた骨董店の中でラファエロの宗教画の向かい側に置かれ、暗闇の中で彗星のように輝いている。[1] 初版では、〈あら皮〉に刻まれた文章はフランス語で美しい逆三角形に配置されているが、店主の「あなたはサンスクリットを流暢にお読みですな[2]」という言葉から、読み手はこの文字がサンスクリットで書かれた設定であることに気づく。

後にアラビア語のカリグラフィーを入手したバルザックは、一八三八年版で、フランス語の文章をアラビア語の訳文として添え、アラビア語の文面と逆三角形のフランス語訳を二ページにわたって美しくレイアウ

トした。[3]（図7）

しかし、作家はその後も「サンスクリット」を「アラビア語」に変更しておらず、〈あら皮〉に刻まれたアラビア語と骨董店の店主の台詞との間に矛盾が生じてしまっているのである。この点に関してプレイヤード叢書では、「小説家がサンスクリットをアラビア語に訂正し忘れた。翻訳は原文に忠実である[4]」と注釈しており、これまでこの箇所を修正しなかったのは作家の初歩的なミスと考えられてきた。けれども、『あら皮』はその後数多くの版を残していることからも分かるように、作家が細部にこだわり加筆修正を繰り返した作品である。特に圧倒的な存在感と異彩を放つ〈あら皮〉は、主人公の生命の象徴であり、重要な役割を担っている。〈あら皮〉の文言のレイアウトにかなりのこだわりを見せたバルザックが、「サンスクリット」を「アラビア語」に訂正し忘れるなどということがあるのだろうか。訂正しようと思えばそのチャンスはいくらでもあったはずだが、生前幾度となく指摘されたであろうこの誤謬を作家はついに訂正することなくこの世を去っている。作家自身が編纂と出版に携わった一八四五年のフュルヌ版でも、この箇所の訂正はなされていない。「サンスクリット」を訂正しなかったのは、本当にバルザックの初歩的なミスだったのか、〈あら皮〉の文言が「アラビア語」になった経緯をたどって考えてみたい。

〈あら皮〉の特徴は東洋の文字が刻まれ、ソロモンの印章があることである。旧約聖書におさめられたユダヤの書の一つである「列王記」には、古代イスラエルの第三代の王であるソロモンの治世初期からバビロン人によるエルサレム破壊に至るまでの物語が記されている。[5]ある日、ソロモンの夢に神が現れ「何が望みか」と問うと、彼は「民を幸福にするために善悪を判断できる心と知恵」と答えた。富や寿命を望まず知恵

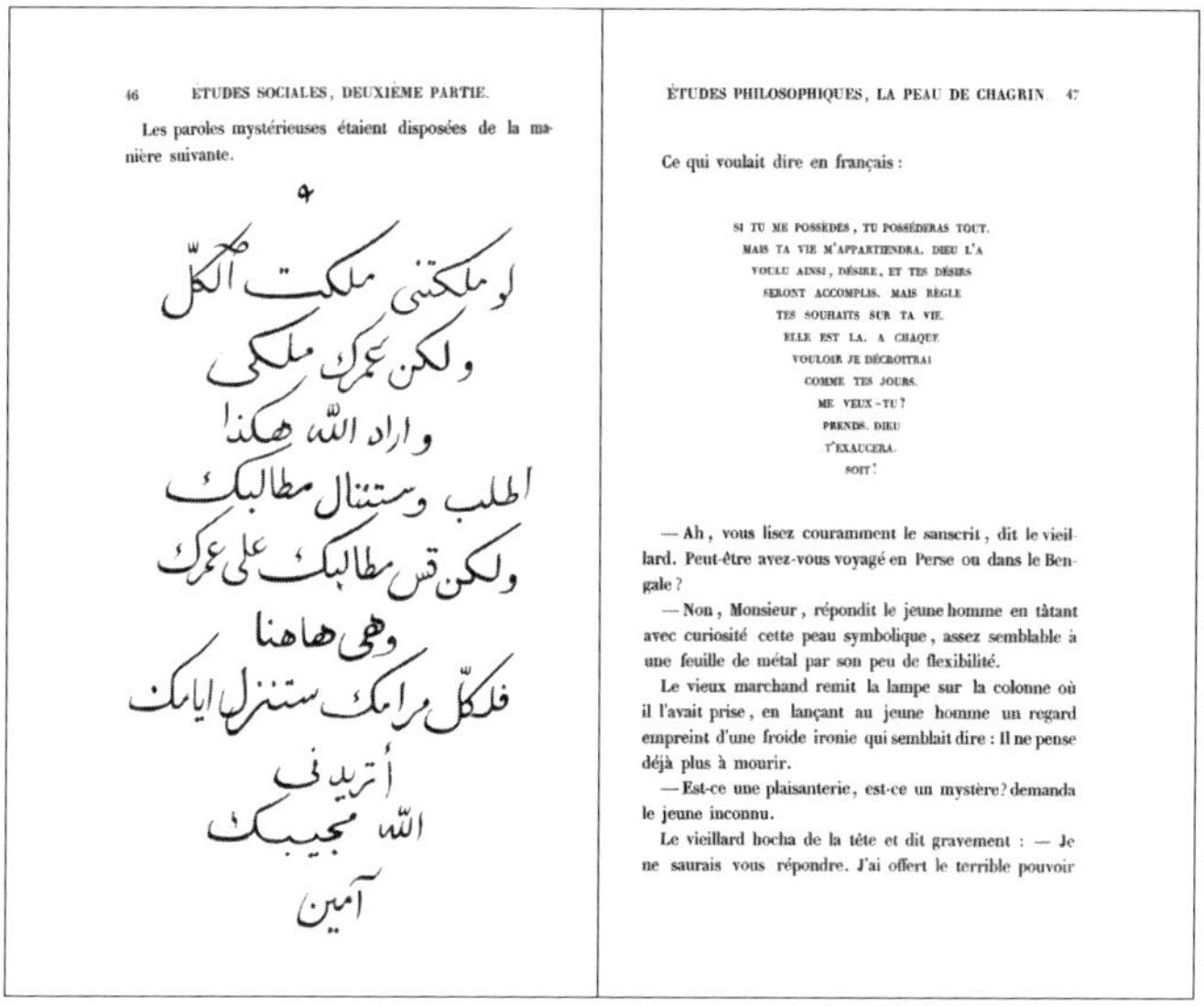

46 ÉTUDES SOCIALES, DEUXIÈME PARTIE.

Les paroles mystérieuses étaient disposées de la manière suivante.

لو ملكتني ملكت الكلّ
ولكن عمرك ملكي
واراد الله هكذا
اطلب وستنال مطالبك
ولكن قس مطالبك على عمرك
وهي هاهنا
فلكلّ مرامك ستنزل ايامك
أتريدني
الله مجيبك
آمين

ÉTUDES PHILOSOPHIQUES, LA PEAU DE CHAGRIN. 47

Ce qui voulait dire en français :

SI TU ME POSSÈDES, TU POSSÉDERAS TOUT.
MAIS TA VIE M'APPARTIENDRA. DIEU L'A
VOULU AINSI, DÉSIRE, ET TES DÉSIRS
SERONT ACCOMPLIS. MAIS RÈGLE
TES SOUHAITS SUR TA VIE.
ELLE EST LA. A CHAQUE
VOULOIR JE DÉCROITRAI
COMME TES JOURS.
ME VEUX-TU ?
PRENDS. DIEU
T'EXAUCERA.
SOIT !

— Ah, vous lisez couramment le sanscrit, dit le vieillard. Peut-être avez-vous voyagé en Perse ou dans le Bengale ?

— Non, Monsieur, répondit le jeune homme en tâtant avec curiosité cette peau symbolique, assez semblable à une feuille de métal par son peu de flexibilité.

Le vieux marchand remit la lampe sur la colonne où il l'avait prise, en lançant au jeune homme un regard empreint d'une froide ironie qui semblait dire : Il ne pense déjà plus à mourir.

— Est-ce une plaisanterie, est-ce un mystère? demanda le jeune inconnu.

Le vieillard hocha de la tête et dit gravement : — Je ne saurais vous répondre. J'ai offert le terrible pouvoir

図7 〈あら皮〉に刻まれたアラビア語の文言とフランス語訳。(1838年版『あら皮』p. 46-47.)

を望んだことを喜んだ神は、ソロモンに「知恵と善悪を判断する心」を授けたという。後に、ソロモンがエルサレム神殿を建てた偉業と、子供のことで争う二人の女に対する賢明な裁判(6)は広く世界に伝わり、彼は知恵者の象徴となった(7)。旧約聖書には、ソロモン王と魔術を結びつけるような文章はないが、一世紀のユダヤ人歴史家ヨセフスによれば、ソロモン王が書いた三千冊の本の中には呪文や悪魔払いの儀式について書かれたものがあったという(8)。

紀元前一世紀から紀元五世紀の間にギリシャ語で書かれたとされるソロモン王の最初の魔術書は、『ソロモンの聖約』(*Testament of Solomon*)であり、そこにはダヴィデの子ソロモンがエルサレム神殿を建築する際に多くの災いに見舞われ、その進行に困難を極めたことが記されている(9)。困り果てたソロモンが、ヤハウェーの神に祈りをささげると、大天使ミカエルが現れ、彼に指輪を授けて言った。「この神からの賜物によって、汝はエルサレムを建てることができるだろう。しかし、汝はこの印章を常に身に着けておかねばならない」と。やがてソロモン王は、その指輪の効力により天使や悪魔を使役し、エルサレム神殿の建築に成功する。この指輪には、悪魔の力を封じ込めるソロモンの印章が刻まれていたため、それ以降ソロモンの印章や紋章は魔除けや護符の象徴として知られるようになっていく。[10] こうした紋章は、五芒星やダヴィデの星、円を基調にしたものなど、形はさまざまであった。[11] ソロモン王の話は次第にラテン語やイタリア語に翻訳されるようになり、こうして伝えられた占星術や魔術の知識は、ヨーロッパのキリスト教徒にも影響を与え、新しい魔術書がヨーロッパで誕生した。中世後期から十九世紀までヨーロッパで流布した魔術の手引書はグリモワールと呼ばれたが、そこにソロモンの紋章も描かれるようになっていった。十六世紀初頭、イタリアで最も読まれていたグリモワールは『ソロモンの鍵』(*Clavicule of Solomon*)であり、この書はラテン語、イタリア語、フランス語、英語、ドイツ語の他、多数の言語を組み合わせたものに翻訳された。[12] こうしてグリモワールは次第にさまざまな社会階級の人々や女性たちに浸透し大衆化していったが、一方で、拷問により、悪魔にかかわる魔術を行ったことを自白し処刑された人々も少なくなかった。十六世紀のヴェネツィアでは、『ソロモンの鍵』に掲載されている呪文や符合、魔法円、五芒星などを写した紙や羊皮紙の切れ端がお守りとなっていった。[13] 十八世紀にフランスで出版されたグリモワールの中にある書物の内容は『ソロモンの鍵』にそっくりだったと言われている。[14]

霧生和夫氏のコンコルダンスによると、『人間喜劇』において、「グリモワール」は『結婚の生理学』(一

SI TU ME POSSÈDES, TU POSSÉDERAS TOUT.
MAIS TA VIE M'APPARTIENDRA. DIEU L'A
VOULU AINSI, DÉSIRE, ET TES DÉSIRS
SERONT ACCOMPLIS. MAIS RÈGLE
TES SOUHAITS SUR TA VIE.
ELLE EST LA. A CHAQUE
VOULOIR JE DÉCROITRAI
COMME TES JOURS.
ME VEUX-TU?
PRENDS. DIEU
T'EXAUCERA.
SOIT!

図8 〈あら皮〉に刻まれた文言のフランス語訳。(図7の右ページの上半部)

八二九)、『幻滅』(一八三五—一八四三)、『娼婦盛衰記』(一八四三—一八四七)、『村の司祭』(一八三七—一八四五)、『従兄ポンス』(一八四六)などの作品で計七回、「ソロモン」は計三十七回使用されていることから[15]、バルザックの魔術書やソロモンに対する関心の高さが窺える。

〈あら皮〉には次のような文言が刻まれていた。(図8)

> 汝われを所有すれば、汝は全てを所有するであろう。しかし汝の命はわがものとなろう。神が望み給いし故なり。望めよ、しからば望みは叶えられん。だが、汝の生命に合せて望みをはかるべし。ここに生命あり。望むごとに我も縮まるなり、汝の命のごとくに。汝我を望めば手に取

るべし。神汝の願いを叶えたもう。かくあれかし[16]！

〈あら皮〉にソロモンの印章が押してあるということは、それが悪魔の力を封じ込める「護符」であることを暗示するためだったと考えられるが、欲望によって死に至るかのように描かれた衝撃的なラストシーンは、「護符」という言葉すらもイロニーの中に閉じ込めてしまった。一八三八年版では作家自身が表題をすべて大文字にし、第一部のタイトルを「あら皮」から「護符」に変更している[17]。これは、〈あら皮〉が本来の意味での「護符」であることを読み手に伝えるためだったのではないだろうか。

マルセル・ブトロンはこの逆三角形の文字配列が類似していることから、〈あら皮〉の文字配列は『千夜一夜物語』から影響を受けていると述べている。（図9）

この配列はおそらくバルザックの好きな『千夜一夜物語』から来ており、とりわけこの三角形の文言は「シンドバットの六度目の航海」から引用されているだろう[18]。

確かにバルザックはテクスト内でも『千夜一夜物語』に言及しており、この作品の影響を受けていることは否定できない。けれども逆三角形の文字配列は、『パンタグリュエル』にもみられるのである。（図10）バルザックは、『あら皮』の「序文」、「モラリテ」、「テクスト」でラブレーに言及し、「モラリテ」でテレームの僧院を称賛していることから、〈あら皮〉の文字配列はラブレーの『パンタグリュエル』から着想を得て

10 LES MILLE ET UNE NUITS,

Les caractères de cette lettre étoient d'azur; & voici ce qu'elle contenoit en langue indienne :

Le roi des Indes, devant qui marchent mille
éléphans, qui demeure dans un palais
dont le toît brille de l'éclat de cent
mille rubis, & qui poſsède en
ſon tréſor vingt mille
couronnes enrichies
de diamans ; au
calife Haroun
Alraſchid.

« QUOIQUE le préſent que nous vous en-
» voyons, ſoit peu conſidérable, ne laiſſez pas
» néanmoins de le recevoir en frère & en ami,
» en conſidération de l'amitié que nous conſer-
» vons pour vous dans notre cœur, & dont
» nous ſommes bien aiſes de vous donner un
» témoignage. Nous vous demandons la même
» part dans le vôtre, attendu que nous croyons
» le mériter, étant du rang égal à celui que
» vous tenez. Nous vous en conjurons en qua-
» lité de frère. Adieu ».

Le préſent conſiſtoit premièrement en un vaſe d'un ſeul rubis, creuſé & travaillé en coupe, d'un demi-pié de hauteur, & d'un doigt d'épaiſſeur, rempli de perles très-rondes, & toutes

図9 『千夜一夜物語』のフランス語訳（1785年版）にみられる逆三角形の文字配列。

いるとも考えられるのである。石井晴一氏によると、バルザックは近代文学の始祖としてラブレーを大いに尊敬しており、『艶笑滑稽譚』（一八三二）のみならず、各所でラブレーの語彙、語義、語の配列法、物語の展開法などを模倣しているという[19]。

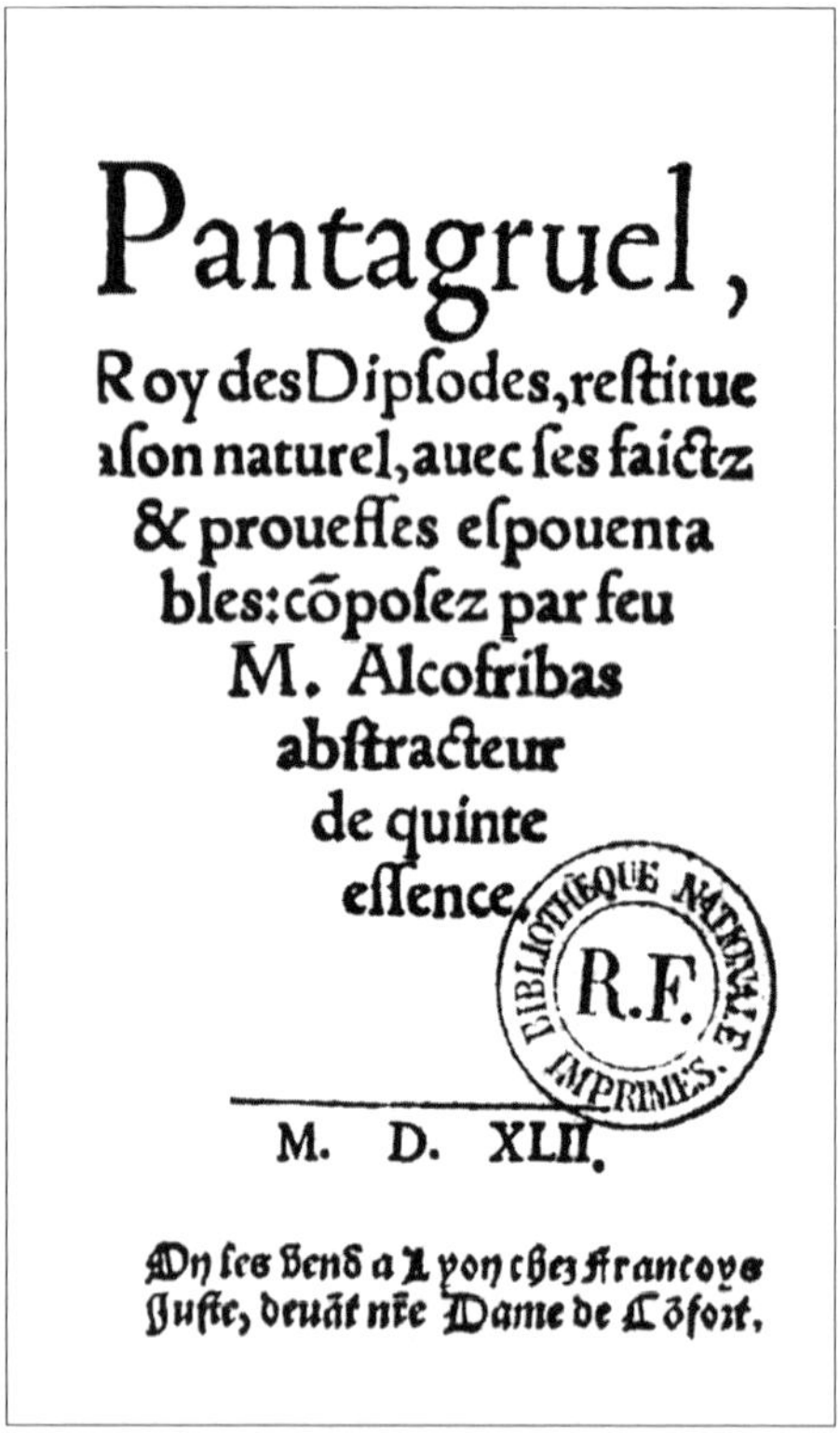

Pantagruel,
Roy des Dipſodes, reſtitue
a ſon naturel, auec ſes faictz
& prouesſes eſpouenta
bles: cōpoſez par feu
M. Alcofribas
abſtracteur
de quinte
eſſence.

M. D. XLII.

On les vend a Lyon chez Francoys
Juſte, deuāt nr̃e Dame de Cōfort.

図10 『パンタグリュエル』決定版（1542年版）にみられる逆三角形の文字配列。『パンタグリュエル』の初版の扉絵から逆三角形の文字配列は使われていた。（本書 p. 51 の図5参照）

2　サンスクリットの文言

サンスクリットは、インド・ヨーロッパ語族の中のインド・アーリア語に属す。現代において、サンスクリットとは、広義には古層のヴェーダ語を含むが、狭義にはパーニニとその学統によって作られた古典サンスクリット（梵語）を指す。[20] サンスクリットを意味するサンスクリタは、動詞語源「つくる」«kṛ»に過去受動分詞の接尾辞«ta»と「よりすぐれた」の意味を持つ«saṃ»がつけられたもので、語源からは「完成された（言語）」と解釈されるが、この言語の起源は造物主ブラフマン、すなわち梵天であるという伝承から、中国や日本では梵語と言われている。[21] また、「サンスクリタ」と同じ動詞語根からつくられる「サンスカーラ」はひとつの行為を準備する要素群を総称し、ここから「サンスクリタ」とは「ある行為の目的のために準備されたもの」を意味する。[22] 一四九八年にインド航路が発見され、インドに赴いた宣教師や商人がサンスクリットを学ぶようになると、この言語は十七世紀頃から徐々にヨーロッパで知られるようになっていく。ディドロの『百科全書』、「サンスクリット」の欄には、「インドのバラモンや僧侶のみに伝わるかなり古くから存在する言語であり、この言語は僧侶の一族と高貴な者たちだけに学ぶことが許されている」と記載されている。[23] 一七八六年イギリスの文献学者ウィリアム・ジョーンズは、インドで行われた「インド人について」という講演の中で、サンスクリットは、ラテン語、ギリシャ語より精巧であり、動詞の語根においても文法の形式においてもこの二つの言語と非常に類似し、その類似の顕著さからこれらの三つの言語はおそらくもはや存在していないある共通の源から発せられたものであろうと語り、印欧語の発見につながる新たな扉を開いた。[24] 彼の講演内容は二年後に論文となり、以降ヨーロッパで印欧語の研究が本格化していく。一八二五年の『アジア・ジャーナル』には、前世期の終わりまでほとんど知られていなかったサンスクリットは、生き生きと光り輝くイメージに包まれた温和で文学的豊かさを持つ言語であり、今やフランス人のサンスクリットを学びたいという欲求が高まってきているとして、サンスクリットの文法書と百フランの辞書が紹介されている。[25] これらの記述から、十九世紀初頭のフランス人がサンスクリットに強い憧れと関心を抱いていたことが読み取れるのである。

一八三五年バルザックは、のちにバルザック夫人となるハンスカ夫人から、夫人一家と親交の深かった著名な東洋学者、ハンメル＝プルグストールを紹介されるが、東洋の歴史と文化に精通していた彼は、〈あら皮〉に刻まれた文言をサンスクリットではなくアラビア語に訳した。[26] オーストリア宰相の孫であるメッテルニヒ侯爵夫人は、祖父のところで開かれたソワレで、ハンメル氏を見かけるが、「大げさで厄介な人物」というのが彼女の印象だったようである。外交官でもあるハンメル氏は、数カ国語を話す偉大な東洋学者であったが、アラビア語の話を延々と繰り広げるため、来客はパーティー会場から一人また一人と消え、最後には可哀そうな祖父だけが彼の話を聞いていたと彼女は回想している。[27] 一八三五年五月、バルザックはウィーンで開かれたあるパーティーでハンメル氏に出会う。著名な小説家と知り合いになりたいと願っていたハンメル氏であったが、息子の急病のため彼は直ちにデープリングに戻らなければならなかった。五月二十四日、彼は息子の病が回復に向かうとすぐにハンスカ夫人に手紙を書き、二十六日の朝七時から夜七時までの間でバルザックに会える時間を教えてほしいと頼んだ。その後返事はなく、ハンメル氏が手紙の行方を調べると、ハンスカ夫人の使用人は確かに手紙を渡したと言い、ハンメル氏のコンシエルジュは誓って返事を受け取っていないと言った。ハンメル氏は五月二十八日と三十一日にデープリングの自宅に作家を招待したが、五月二十六日のバルザックの書簡には、二十八日は都合が悪く、三十一日も一緒にディナーを愉しむことはできないが、六時には別れの挨拶に伺うことができるでしょうと書かれている。[28] 五月二十八日のハンメル氏の返事には逐語訳された〈あら皮〉の文言の一節が、格言風の簡潔な表現であるがゆえにアラビア語で美しい響きに仕上がったことが記されている。[29] しかし、ヘイワードによると、「皮が縮まる」という文言が全く欠如してしまっているとのことである。[30] 結局ハンスカ夫人からハンメル氏を紹介されたバルザックは、新版で〈あら皮〉の文言をアラビア語訳付きで刊行することを約束したようだ。先行研究では、マルセル・ブトロンがアラビア語のカリグラフィーについて次のごとく大変興味深い記述をしている。後に文言がアラビア語になった理由を作家自身に尋ねると、バルザックは「それはおそらく優れた東洋学者のハンメル氏がブラフマンの言語についてほとんど知識がなく、手元にサンスクリットのカリグラフィーを持っていなかったからだろう[31]」と答えたとのことである。ハンスカ夫人と親しい偉大な東洋学者の機嫌をこれ以上損ねるわけにもいかず、「東洋風の格言」が刻まれた護符ならば、アラビア語で書かれていても不思議はない。修正されなかった「サンスクリット」には、不本意ながら「アラビア語」にせざるを得なかったバルザックの苦悩と葛藤が深く刻まれているのではないだろうか。

作家は骨董店の主人に、〈あら皮〉をバラモンから譲り受けたと言わせている。[32] バラモンとは、インドのカースト制度の頂点に位置する司祭階級の総称であり、ブラフマンすなわち「梵」を意味するサンスクリット原語のブラーフマナが漢字に音写されたものである。今日ではサンスクリットはバラモンに限定される言語ではないとの研究成果を得ているが[33]、十八世紀を代表するディドロの『百科全書』と十九世紀後半に刊行されたラルースの『事典』には、「サンスクリットはバラモンや僧侶が使用したインドの聖別された言語[34]」と記載されている。バルザックは、「バラモン」を示す語として一貫して古い呼称である« brachmane »を使用していたが、一八四六年のフュルヌ・コリジェ版で、ブラフマンをよりイメージしやすい当時の呼称« bramine »に書き換えている[35]。このことから、バルザックの「サンスクリット」に関する知識が少なくなかったこと、「バラモン」という言葉に強いこだわりを持っていたことが分かるのである。

ところで、バルザック自身も実生活で「護符」を所有していたようだ。一八三五年三月、彼は国民衛兵義務違反によって逮捕・収監の危機に直面するが、八月十一日のハンスカ夫人への書簡には、新聞社で編集長のポストが準備されていることを告げた後、「私はブドック（Bedouck）によって人々や物事に打ち勝った[36]」と記し、八月二十五日には、「ブドックは私にとって無力な護符ではないことがお分かりでしょう[37]」と書かれている。ブドックは、一八三五年にウィーンでバルザックがハンメル氏から贈られた指輪に刻まれていた文字であるが、その時ハンメル氏は「いつの日か、あなたは私が贈る小さなプレゼントの重要性を知ることになるでしょう」と謎めいたことを言っている[38]。その五年前の一八三〇年、ハンメル氏は『アジア・ジャーナル』において、このアラビア文字（ハンメル氏はブドゥー［Bedouh］と主張する）が数字の割合を示したものであること、すなわちそれは常に二の倍数になると述べている[39]。先行研究では、マルセル・ブトロンがハンメル氏の記事に言及した上で、神秘的見地から、ブドックは賢明さを表象し、不幸から身を守り、愛をもたらすものであると述べている。[40] さらに、一八三六年三月二十七日のハンスカ夫人宛てのバルザックの書簡には、「――ブドック！――私は私がなすべきことは何も忘れてはいない[41]」と記されている。もちろんこの言葉を直接〈あら皮〉に結びつけることはできないが、彼が信念に基づいて行動する人物であることは明らかであろう。

バルザックは骨董店の主人に〈あら皮〉をバラモンから譲り受けたと言わせている。そしてブラフマンの古い呼称を当時の呼称に修正し、「サンスクリット」を最後まで訂正していない。ここでバラモン、ブラフマン、サンスクリットが一本の線につながり、「サンスクリット」を訂正しなかったのは、作家の初歩的なミスではなく信念に基づくものであったと考えられるのである。それでは、バルザックは〈あら皮〉の文言をサンスクリットにすることを望んでいたのだろうか。おそらくそうではないだろう。バルザックは、〈あら皮〉に刻まれた美しい逆三角形の文字配列を保つためにも、店主の台詞のみによって、〈あら皮〉の文言が「サンスクリット」で書かれていることを、読み手がイメージしてくれればそれで良かったのではないだろうか。

第二部

ダンテの『神曲』から読み解く「エピローグ」

第一章　『神曲』と『追放された者たち』

1　ダンテの『神曲』

バルザックは、一八三五年、「哲学的研究」に分類されていた『追放された者たち』（一八三一）、『ルイ・ランベール』（一八三二―三五）、『セラフィタ』（一八三三―三五）を『神秘の書』（一八三五）としてまとめ、刊行した。その目的は、これらの作品に投入されている宗教思想を明確にすることであると、作家自身が『神秘の書』の「序文」で述べている。[1] 投入された宗教思想とはどのような思想で、それは、『神秘の書』と同様に「哲学的研究」に分類されている『あら皮』とどのような繋がりを持ってくるのだろうか。『追放された者たち』と『あら皮』の相互関係を明確にするために、二作品の執筆時期を確認しておく。

フュルヌ版（一八四五）の『あら皮』は、「護符」、「心なき女」、「苦悶」の三部から成るが、初版（一八三一年八月）では、第一巻のタイトルが「あら皮」であった。[2] 初版は二巻構成で、第一巻は「あら皮」と「心なき女」の前半部、第二巻は主人公がフェドラの寝室に忍び込む場面から始まる「心なき女」の後半部と「苦悶」の部で構成されている。バルザックは一八三〇年十二月十六日、後に『あら皮』第一巻の冒頭部となる『最後のナポレオン金貨』を『ラ・カリカチュール』に発表する。[3] 作家は一八三一年三月七日に第一巻を書き上げ、第二巻は五月七日以降に約二週間で仕上げている。[4] その第一巻と第二巻の間の五月一日に、『パリ評論』に発表されたのが『追放された者たち』のプレオリジナルである。[5] そして、一八三一年八月に『あら皮』初版が、そしてそのわずか一カ月後に第二版が、作家の「序文」をフィラレート・シャールの「序文」に置き換え、『追放された者たち』を含む十二作品を加えた『哲学的小説・コント集』として刊行される。そして、これが『追放された者たち』の初版となる。[6] このように執筆時期、初版刊行がほぼ同時期であるうえに、『あら皮』の「エピローグ」は『神曲』を想起させ、『追放された者たち』にはダンテが実名で登場することから、この二作品は相互の影響が非常に大きいものと思われる。

アーサー・シモンズ（一八六五―一九四五）は、「そこに組み込まれる一連の小説のために『人間喜劇』という総題を決定した時、バルザックはダンテが中世に行ったことを近代においてなそうとした[7]」と述べている。しかし一九六三年、ルネ・ギーズは、「『神曲』の「天国篇」は「地獄篇」を凌駕する」とバルザックが述べたことに言及しながらも、作品の中にダンテに対する明確なヴィジョンが描かれていないことを理由に、「バルザックは『神曲』に関して断片的で浅薄な知識しか持っていなかった。〔……〕結局、バルザックはロマン主義時代に流行したダンテの最も有名な断章を知っているだけで、『神曲』を完全には読んでおらず、ダンテを理解していなかった」[8]と論述した。これに対し、アンヌ＝マリー・バロンは、ルネ・ギーズが示したようにバルザックの『神曲』への知識が断片的で浅薄なものであったとしても、彼はダンテのように人間の叙事詩を書き、人類の知的な階梯を創作しようと努めたと主張している。[9]またアンドレ・ロランは、バルザックがベルニー夫人からイタリア語の『神曲』を学び、「地獄篇」と「天国篇」の数行を『ヴァン＝クロール』（一八二五）に引用したのではないかと述べている。[10]だが、バルザックが読んだ『神曲』のイタリア語版（原著はトスカーナ地方の言語で書かれている）を特定することも、バルザックが寓意に満ちた『神曲』のイタリア語を十分に理解できていたか否かを明言することも難しい。一八二八―一八三〇年にアルトー版の『神曲』（イタリア語とフランス語の対訳）が刊行され、ロマン主義の時代にはダンテが流行し、一八三一年にはバルザックも『追放された者たち』を執筆していることから、彼がこの版を再読した可能性は高いと推測する。『神曲』を想起させる『あら皮』の「エピローグ」を分析し、物語の結末を引き出すためには、バルザックが『神曲』を理解していたか否かは重要な問題である。したがって、この章では、『追放された者たち』と『神曲』を比較しながらこの点を考察するが、ダンテの思想を理解するためには彼の生涯についても知っておく必要があるだろう。

一二六五年、イタリアのフィレンツェで生まれたダンテは、修辞学を碩学プルネット・ラティーニについて学び、さらにボローニャにて研鑽を積んだ。彼はウェルギリウスの研究に専念するが、こうした古典研究がダンテの天賦の才能を開花させ、次第に詩人としての名声を確立していく。当時のフィレンツェでは、皇帝を支持するギベリーニ党と教皇を支持するグエルフィ党が鋭く対立していた。一二八九年のカンパルディーノの戦いでグエルフィ党の一員として華々しい活躍をしたダンテは、一二九五年十一月に市議会の特別委員に選出され、これを契機に市政に深く関わっていく。一三〇〇年春頃は、オーストリアのアルブレヒト一世の神聖ローマ皇帝位がまだ教皇に認められておらず、教皇ボニファティウス八世はトスカーナ全域を教会の支配下に置こうと考えた。グエルフィ党内も教皇ボニファティウス八世の政策を支持する黒派と、それに反対する白派に分裂しており、情勢が悪化していく中、ダンテを含む白派の三人の使節団は黒派の陰謀を阻止するため、ボニファティウス八世のもとへと向かう。教皇は手ごわいダンテのみを引き留めた。その結果、適切な措置を講じることのできなかった白派の政権はたちまち黒派へと移り、寝返った市の長官カンテ・デ・ガブリエル・ディ・グッピオは、ダンテ他四名に汚職、収賄などの不名誉な罪を着せ、罰金と二年間の追放を言い渡した。そして、万一フィレンツェで捕らえられた場合には火あぶりの刑に処すと告げ、公職に就くことを永久に禁止した。こうしてダンテの長い流浪の旅が始まり、とうとうフィレンツェに戻ることのできなかった彼は、一三二一年、ラヴェンナでマラリアに罹りこの世を去っている。[11]

『神曲』は、ダンテ自身が夢で死後の世界を巡歴する神秘的な一大叙事詩である。現在では『神曲』（*Divina Commedia*）と呼ばれる壮大な叙事寓意詩を、ダンテ自身は単に『喜曲』（*Commedia*）と呼んでいた。庶民にも理解できるようにと、ラテン語ではなくトスカーナ地方の言葉で書かれたこの作品は、「地獄篇」、「煉獄篇」、「天国篇」から成る。各篇が三三の歌でまとめられているが、「地獄篇」のみが序歌一を加えた三四歌となっていて、全篇は一〇〇歌となる。各歌は三行をもって一連を成し、各行は十一の音節からなる三韻句法の連から成り、最後の連だけがａ・ｂ・ａ・ｂと押韻する四行で終わる。そして「地獄篇」、「煉獄篇」、

「天国篇」の最後の行は、いずれも星という単語で結ばれている。[12]

「煉獄」とは、神の恩恵および神との親しい交わりを保ちながら、罪の完全な浄めを得ないままで死ぬ人が、死後、天国の喜びにあずかるために必要な聖性を得るよう受ける浄化の苦しみをいう。[13]『神曲』において「地獄」と「煉獄」の旅の案内人は、ダンテの敬愛するウェルギリウスであるが、「天国界」を案内しダンテを至福へと導くのはベアトリーチェである。この淑女は、後にシモーネ・ディ・バルディーの妻となったビーチェ、ギベリーニ党フォルコ・ポルティナーリの娘である。ダンテは『新生』の中で、九歳の時に一歳年下のベアトリーチェに会い、心から愛するようになったと述べている。その後、彼女に再会したのは九年後であるが、その時のダンテに対する彼女の丁寧な挨拶は、新しい生命がその時から始まったと記すほど彼を喜ばせた。しかし、ベアトリーチェは一二九〇年に満二十四歳で夭逝してしまう。『神曲』にはベアトリーチェへの愛と政治的・道徳的不義への怒り、そしてアリストテレスの倫理学、トマス・アクィナスの神学、聖書からの引用などダンテの幅広い知識が詰め込まれている。[14]『神曲』の特徴は、実在の人物の名をそのまま登場させていることであると矢内原忠雄氏は述べている。ボニファティウス八世をはじめ悪徳政治家たちは地獄に堕ち、偉大な詩人ウェルギリウスは案内人となり、ベアトリーチェは理想の女性の象徴としてダンテを至福へと導く。しかし、ダンテが『神曲』を書いた目的はボニファティウス八世の悪行を世に伝えるためでもなければ、ベアトリーチェの美しさを描くためでもなく、ダンテ自身が述べているところによると、「善悪を人々に示し、不道徳がもたらす恐るべき結果と、正義と善の中で送る生活がもたらす永遠なる効果を明らかにすることで、道徳的生活の厳粛さを教えることにあった」という。[15]

2　『神曲』と『追放された者たち』の関連性

西暦（ユリウス暦）一三〇〇年の聖金曜日、人生の半ばで迷い込んだ暗い森の中で、ダンテは敬愛する古代ローマの詩人ウェルギリウス（ヴィルジリオ）と出会い、彼を先導者として地獄の旅が始まる。『神曲』の冒頭部はダンテの深い悲しみが読み取れる書き出しとなっている。

　ひとの世の旅路のなかば、ふと気がつくと、私はますぐな道を見失い、暗い森に迷い込んでいた。ああ、その森のすごさ、こごしさ、荒涼ぶりを、語ることはげに難い。思いかえすだけでも、その時の恐ろしさがもどってくる！

　この経験の苦しさは、死にもおさおさ劣らぬが、そこで巡りあったよきことを語るために、私は述べよう、そこで見たほかのことどもをも。

　どうしてそこへ迷い込んだか、はきとはわからぬ。ただ眠くて眠くてどうにもならなかった、まことの道を踏み外したあの時は。(16)

「ひとの世の旅路のなかば」とは、一二六五年生まれのダンテが三十五歳となった一三〇〇年の頃と推定されるが、この年は、フィレンツェ最高の行政職である統領の一人に選ばれた年である。彼はこの年より自分の不幸が始まったと考えているようだ[17]。一三〇二年にフィレンツェを追放された彼はその後、財産没収、家族離散、辛い流浪の旅を強いられることになる。「暗い森」とは、闘争を繰り返すフィレンツェの現状や、町に平和や自由がない状況を嘆いたものと考えられている[18]。この暗い森の中で、豹、獅子、牝狼が出現し、ダンテの前に立ちはだかるが、ここでの豹は肉欲、獅子は高慢、狼は貪婪の象徴であると言われている[19]。

『追放された者たち』の舞台は一三〇八年のパリである。この年は、ダンテが『神曲』を刊行した翌年と推定される。ノートル・ダム寺院近くのシテ島に金銭欲と出世欲の強い警吏が住み、そこに寄留しているのが知性と信仰心に満ちた異邦人の老人とフランドル出身の若者ゴドフロワであるという設定自体に、バルザックのイロニーが含まれているように思われるが、この後、ストーリーは神学講義の場面へと移行していく。

『神秘の書』の序文において、バルザックは神秘主義について次のように述べている。

神秘主義はその純然たる原理において、まさしくキリスト教である。この作品において著者は何も編み出していないし、新しいことは何も提案していない。著者は埋もれていた豊かさを作品に入れ、海に潜り、彼のマドンナの首飾りのために、汚れのない真珠を取り出してきたのである。初期キリスト教徒たちの教義、砂漠の隠修士たちの宗教である。神秘思想は、統治団体も聖職者団体も持たない。それゆえ常にローマ教会による大迫害の対象となったのである。そこにフェヌロン有罪宣告の秘密があり、そこに彼とボシュエの論争の真相があるのである[20]。

フェヌロン（一六五一―一七一五）は、ギュイヨン夫人を擁護し教皇から断罪された大司教であり、ボシュエ（一六二七―一七〇四）はギュイヨン夫人とフェヌロンの論を非難した司教である。キリスト教と神秘主義の原理は同じであっても、神秘主義は統治団体や司祭団をバックに持っておらず、その権威の差というものが、ローマ教会から迫害を被る要因となったとバルザックは述べている。彼は、パリ大学で神秘神学を教えたシジエ博士の功績を称えるため、『追放された者たち』の中に、ダンテが『神曲』をシジエ博士に解説させる場面を描いたと記している。そして、もしダンテのシジエ博士に対する詩句がなかったら、博士の名が人々の記憶に残ることはなかっただろうとも述べている。

> 十二世紀に（『追放された者たち』をご覧ください）、シジエ博士は、カトリックの四国民団がご機嫌を伺っていた知性界の女王であるパリ大学において、学問の中の学問として神秘神学を教えている。皆さんはこの作品の中で、ダンテが自分の『神曲』を高名な博士に解説させるためにやってくるのをご覧になるが、このフィレンツェ人がその師に捧げた感謝の韻文詩がなかったら、博士は忘れられていたことだろう(21)。

『神曲』、「天国篇・第一〇歌」には、「すなわち、藁の街に講えんを布《し》き、妬ましいほどの真理を三段論法で証明したシジエーリの、永遠に消えぬ光(22)」と記されている。「藁の街」とは、カルティエ・ラタンの一角にある通りで、ここに登場するシジエーリはラテン・アヴェロエス派のスコラ哲学者、シジエ・ド・ブラバン（一二三五―八一頃）を指すと考えられている。[23] 彼は神学において「偽」であることが、哲学では「真」であることもあり得ると説き、神学と哲学間の矛盾を二重真理説で弁証したが、二つの学問の調和を試みていたトマス・アクィナス（一二二五頃―七四）から反駁を受け、パリ司祭に破門され、一二八一～一二八四年頃に亡くなっている。[24] こうした事実に基づくと、一三〇八年にダンテとシジエ・ド・ブラバンが出会うのは不可能であることから、『追放された者たち』に描かれたシジエは、聖母教会の参事会長を務めたことのあるシジエ・ド・クルトレ（?―一三四一）ではないかという説も生まれた。これに対しルネ・ギーズは、『追放された者たち』の序文で、一三〇八年に二人がフーアールで講義をすることは不可能であることを理由に、テクストに描かれたシジエはシジエ・ド・ブラバンでもシジエ・ド・クルトレでもないと主張した。[25] 私市保彦氏は『神秘の書』の「訳者あとがき」の中で、「『神曲』では、シジエはシジエーリ（Sigieri）と表記され、『神曲』の仏訳はシジエ（Sigier）とシジェ（Siger）の二通りがあり、バルザックは前者を取っている」と述べている。[26] また、私市氏は「『追放された者たち』の終わりで追放が解かれたというのは事実ではなく、パリに滞在したかも定かではないが、バルザックは『神曲』の一節から想像をふくらませて事実を変形《デフォルメ》し、自らの夢を語ったのであるから、そうしたアナクロニズムを指摘する場面ではないだろう」と記している。

バルザックは、神学において「偽」であることが、哲学では「真」であることもあり得ると説いたシジエの二重真理説をどのように考えていたのだろうか。神学と哲学間の「真」と「偽」について、「自殺」という点から考えてみたい。カトリックにおいて自殺は大罪であり、『神曲』において自殺者は地獄の七圏に置かれるが、ダンテはマルクス・ポルキウス・カトー（前九五―前四六）を地獄に堕とすことなく煉獄の守護神にしている。[27] 彼はカエサルの軍を前に自殺したが、その人格は高潔で死の直前までプラトンを読んでいたという。ダンテはカトーを煉獄に置くことで、シジエの「二重真理説」を支持していると思われる。自殺は神学において「偽」であるが、信念を貫き自ら崇高な「死」を選ぶことは、哲学においては「真」となり得るだろう。バルザックは『あら皮』の中で自殺について次のように述べている。

屋根裏部屋に閉じこめられたどれほどの若者の才能が、多くの衆愚のただ中で、金と退屈に飽き飽きしている多くの大衆の前で、一人の友や一人の慰めとなる女性がいないばかりに、朽ち果てていくことか！〔……〕どんな自殺も憂愁に閉ざされた崇高な詩なのである。[28]

ここにはバルザックの自殺者に対する憐憫の情があふれている。作家は才能ある若者が自殺へと向かう社会を厳しく批判する。『神秘の書』の「序文」は以下の文章で結ばれている。

間違えないでほしいのだが、これは、著者のためというより、消え去ろうとしている高潔な知性、絶望を隠してコートに身を包んでいる、まだ若く優しい心の持ち主たちのために書かれたのである。詩人たちは反抗しないのだ、彼らは！　彼らは静かに死んでいく。それゆえ、自殺を非難する代わりに、祭壇を築き、その上にこう刻みなさい。「知られざる神々に」と。[29]

十九世紀前半のフランス社会は、神学と哲学間の矛盾がよりクローズアップされた時代だったのではないだろうか。「知られざる神々に」の言葉で、バルザックは優しい心の持ち主である死者の魂が天国に向かうことを暗示している。一八三一年三月に『パリ評論』に発表された『あら皮』のプレオリジナルの表題は「詩人の自殺」であった。作家は腐敗していく社会の中で高貴な知性が失われていくことに心を痛め、知性ある善良な若者の自殺を「崇高な詩」と記していることから、シジエ・ド・ブラバンを支持していたのではないかと考えられる。勇気を持って権力に立ち向かったダンテとシジエ・ド・ブラバンは、二人とも社会から「追放された者たち」だった。敬虔なカトリック教徒であるダンテは、パリ司祭から破門されたシジエ・ド・ブラバンをトマス・アクィナスと同じ天国の太陽天に置き、十二賢者のひとりに数えている。[30]バルザックも二人へのオマージュを自著に刻み、ダンテと同様に苦難の道を歩んだシジエ・ド・ブラバンの名誉を回復しようと努めたのではないだろうか。『神秘の書』の序文には、「これまで、神秘主義を近寄り難いものにしてきたやっかいな障壁はその不明瞭さであり、それはフランスの致命的な欠落部分であって、この国では最も崇高な作者に注意を払うことなく、ダンテでさえも、おそらく一度も栄誉を手にしたことがなかったのである」[31]と記されている。このように述べたバルザックがダンテの生涯を知らなかったとは考えにくい。ダンテが切望し、とうとう実現できなかったフィレンツェへの帰還は、バルザックの粋な計らいで『追放された者たち』のラストシーンで叶えられる訳だが、このことからバルザックが事実にとらわれずに作品を描いていることが分かるのである。したがって、『追放された者たち』に描かれたシジエはシジエ・ド・ブラバンであるとみなすことができるだろう。
『追放された者たち』のシジエの講演について、ルネ・ギーズは、連なる圏から成る宇宙構造の概念の類似性を除けば、ダンテとシジエの思想の間にバルザックが述べるような共通点はあまり見られないと述べている[32]。そこで、シジエの講演内容を『神曲』と比較してみよう。『追放された者たち』で、シジエは聴衆に次のように尋ねている。

人間は創造主に対し、各人に与えられた精神力の不平等について問う権利があっただろうか[33]。

キリスト教では、死者は「最後の審判」によって神の裁きを受ける。魂が「地獄」に向かうか、「天国」に向かうかは、生前の行動や知力、信仰の大きさによって決定される。『神曲』、「天国篇・第一九歌」では、有徳の異教徒たちが洗礼の機会に恵まれなかったという理由だけで天国に入れないのはなぜかと疑問に思うダンテに対し、鷲の形に結集した正義の統治者たちは、「人間には神の裁きが正しいかどうかを問う資格はなく、ただ、その裁きが神意に副《そ》っているかどうかを訊ねられるだけだ[34]」と答えている。つまり、キリスト教徒であっても、審判で洗礼を受けなかった者より下層の圏に置かれることもあるのだが、人間にはその裁きが正しいかどうかを神に問う資格はなく、『追放された者たち』のシジエの民衆への問いかけと符合する。
この問いかけのあとで、シジエは知性というものが大きないくつかの圏に分かれていることを民衆に思い起こさせる。

知力の輝きが最も少ない圏から、魂が神へと至る道を認める最も半透明な圏までの間に、霊性の実質的な階梯というものが存在しなかったであろうか(35)。

『神曲』において、この知力を永遠に欠いているのが地獄の亡者である。「天国篇・第二八歌」では、天使の序列は神を知り、愛する量に照応することが述べられている。天使の序列は九段階に分かれるが、最も神に近い原動天を支配するセラフィムが最高位の天使となり、その下の恒星天を支配するケルビムが第二序列の天使となる。見神の尺度は、神の恩寵とおのれの良き意志から生まれる功力であり、それを高めることにより、彼らはより高き所へと昇っていく。このようにダンテは、「知ること」を非常に重んじている。シジエが霊性の階梯を知性にもとづいて分け、死後の魂が高く昇っていく可能性を示した点も『神曲』と符合している。

シジエの講演を聞いたゴドフロワは、その夜、天国に憧れ自殺を試みるが、失敗する。『追放された者たち』に描かれるダンテは、死後の世界で目にした亡霊について彼に語る。

亡霊が見つめるかなたに我々も目を向けた時、頭上に、光の深淵に浮かぶ碧玉《サファイア》のようなものをみた。この明るい星は、朝地平線がしらむ頃、その最初の光が我々の大地の上を密かに滑る陽光のような速さで降りてくるのだった(36)。

「朝地平線がしらむ頃」とは日の出一時間前くらいであり、「金星」は通念では日の出前に輝く星とされる。この場面の描写は、『神曲』、「煉獄篇・第一歌」で、ダンテと導者ウェルギリウスが闇に覆われた地獄をぬけ、遠くに碧玉のような光を見てほっとする場面を想起させる。

うららかな大空の顔を染めかけていた、東方産碧玉《へきぎょく》のうるわしい色は、第一円に至るまで澄みきわまり、私の目と胸を悩まし続けたあの死の空から私が出てくるなり、私の目に再び歓びをとりもどす。恋ごころ、かき立てやまぬあのうるわしい星が、今しも東の空一面をほほえませ、供奉《ぐぶ》の双魚宮をおおいかくす刻限。[37]

「あの死の空」とは「地獄の暗澹たる空気」を、「第一円」とは地平線を、「恋ごころ、かき立てやまぬあのうるわしい星」とは愛の根元とされる「金星」を寓意すると言われている。[38] 金星の光がともにのぼる「供奉《ぐぶ》の双魚宮」〔魚座〕の光をかき消す時刻とは、日の出一時間前くらいである。[39]

したがって、『追放された者たち』のダンテの話と『神曲』には「碧玉《サファイア》」、「金星」、「日の出一時間前くらい」が共通しており、この後で両作品ともに天使が登場する。

最後に、『追放された者たち』と『神曲』に描かれた亡霊を比較する。『神曲』では、煉獄の入口に辿り着いたダンテに、守護神カトーが、次のように指示する。

行け、さらば。なれど心して、しなやかな藺草《いぐさ》ひともと、この者の腰に巻き、またあらゆる穢《けがれ》ぬぐい去るため、この者の顔洗え。(40)

カトーは「藺草」を腰に巻き、あらゆる穢れをぬぐうために顔を洗って登攀に備えよと指示する。藺草は浄罪のための最も基本的な主徳の一つである「謙抑」を象徴する。(41) 煉獄では「謙抑」が旅する者の「護符」となり、(42)「原罪および個人が犯す罪の束縛からの自由」が究極の目的となる。(43) 亡者たちを運ぶ船の中に旧友カゼルラを見つけたダンテは、彼のような義人ならば死後直ちに乗船出来たはずなのに、なぜ死から何カ月も経過しているのかと彼に問う。この質問に対しカゼルラは次のように答えている。

かれ、答えて私に。「欲するとき、欲する者を択《えら》ぶおん方《かた》が、幾度か私にこの渡航を否んだとしても、私への不当の処遇にあらず。その方の意志は、正しい意志にもとづくゆえに。(44)〔……〕」

つまり、神は正しい意志によって渡航する時と渡航者を選ぶので、彼の渡航を幾度か拒んだとしても、それは不当の処遇にはあたらないというのである。「煉獄篇・第二歌」では、天使は神の意志に従い自由裁量によって乗船者を決定する。『追放された者たち』では天に憧れる亡霊に対し、天使は「明日また！」と言ってその場を立ち去る。要するに、『追放された者たち』に描かれた亡霊は、その日、煉獄山行きの船に乗れなかったのである。恋人の後を追って自殺したその亡霊は、「彼女と別れたくはなかったのですが、神が二人を分かちました。それならなぜ地上で私たちを結びつけたのでしょう。神が妬んでいるのです[45]」と告げるが、『追放された者たち』のダンテは、「神のみのために天国を求めるなら、この亡霊は救われるのではないか[46]」と考える。要するに、この亡霊には信仰心が欠けていたのである。バルザックはここで、神のおぼし召しを待たず天国に憧れて自ら死を選んでも、信仰心がなければ、また、神の意志に副わなければ、煉獄山に渡れないことを示している。

このように『追放された者たち』には、『神曲』の宇宙観、天使の位階など、ダンテの神秘思想が散りばめられており、また、このテクストに描写されたシジエの講演とダンテが語る話は、言葉だけでなく、その思想においても細部にわたり『神曲』に倣って書かれていることから、バルザックは『神曲』を良く理解していたと考えられる。

『追放された者たち』には、シジエが「天国と地獄」を論理的に説明した直後に、次のような難解な文章が残されている。

堪えがたい苦しみ（les tortures）が至上の喜び（les délices）と同様に解釈された。人間の生命の移動の中に、苦悩と英知のさまざまな環境の中に、対照の言葉が存在する。こうして、かの「地獄」と「煉獄」に関する最も奇妙な寓話も自ずと実現されるのであった[47]。

「堪えがたい苦しみが至上の喜びと同様に解釈された」とはどういうことか。「地獄」と「煉獄」の物語とはどの作品を指すのか。なぜこの文章が唐突に現れるのだろうか。『あら皮』の主人公の生命は、現世から死後の世界へと移動している。「悪魔との契約」により地獄に堕ちるかのように見えた主人公の魂が、煉獄へ向かうということだろうか。「堪えがたい苦しみ」と訳した « les tortures » には「責め苦、拷問」の意味もあるので、責め苦が至上の喜びと同様に解釈されたということだろうか？　煉獄で常に身につけておかなければならないのは、謙抑を象徴する「護符」である。作家自身が表題を全て大文字に変更した一八三八年版で、第一部のタイトルが「あら皮」から「護符」に変更されたのは、「あら皮」が「護符」であることを読み手に伝え、作品の中に「煉獄」が描かれていることを示すためだったとは考えられないだろうか。煉獄は天国への希望が見出される点が地獄とは異なるが、自分の罪の重荷を負い、罪を清めるために責め苦を受けなければならない苦しみと試練の場である。『追放された者たち』に記された「堪えがたい苦しみ（責め苦）が至上の喜びと同様に解釈された」とは、罪を浄化する煉獄での苦行が、欲望を叶える喜びと同様に解釈されたということではないだろうか。そのように考えると、生命の移動の中に対照の言葉が存在する「「地獄」と「煉獄」に関する最も奇妙な寓話」とは、『あら皮』を指しているとも考えられるのである。もしそうであるならば、『あら皮』の「エピローグ」が、「地獄」を示唆していないことにも納得がいくのだが、結論はもう少し先に延ばすとしよう。

第二章　「エピローグ」の考察と『あら皮』の結末

「エピローグ」は三つのパラグラフから成り、各パラグラフの最初で、「ポーリーヌはどうなりましたか？」という質問が読み手に投げかけられる。「エピローグ」のほとんどがポーリーヌについて書かれていることからも、彼女が作品の鍵を握っているのは明らかなようだが、曖昧で捉えどころのない文章が故意に作品の解釈を遠ざけているようにも見える。大矢タカヤス氏は、フランスのジャーナリストが一八三一年十月に、「それ〔結論（Conclusion）〕を実際に理解する方法は何もない。それは削除すべき四頁である」（本書一八頁を参照）と記したことに言及し、エピローグは、フェドラに関することを除けばほとんど研究されてこなかったと述べている。(1) 現在においても「エピローグ」の明確な解釈は得られていないように思われるが、作品の構想を知るためには結末を正確に把握することが不可欠である。

この章ではアナロジーに焦点を当て、「エピローグ」の全文と『神曲』を比較・考察する。

「ポーリーヌは、どうなりましたか？」

「ああ！　ポーリーヌですか、冬の穏やかな晩にお宅の暖炉の前で、燃える火が柏の薪に縞模様をつけるのを眺めながら、恋や青春の思い出に心地よく耽ったことがしばしばおありでしょう？　燃えさかる火が、こちらでは市松模様の赤い格子模様を描くかと思えば、あちらではビロードのようなものをキラキラ光らせています。小さな青い焔は燃えさかる火の奥で駆け回り、飛んだり跳ねたりして戯れています。そこへ見知らぬ一人の画家がやって来て、この焔を利用します。彼は巧妙な技法でこの紫色あるいは真紅に染まった（violettes ou empourprées）燃えさかる火焔のただ中に、驚くほど優雅なひとつの超自然な姿を描きます。偶然も二度とは繰り返せないような束の間の現象です。それは髪の毛を風にたなびかせて、横顔にえも言われぬ情熱をたたえたひとりの女、火の中の火です！（du feu dans le feu!）彼女は微笑みますが、やがて消えてしまいます。この女にはもう二度と会うことはできません。さようなら、焔の花よ、さようなら、不完全な元素よ、早すぎたのか、遅すぎたのか、いずれにしても、輝くダイヤモンドにはなれませんでした(2)」

「煉獄」は、悔悛した魂が猛火をくぐりぬけることで罪の浄化がなされる場所で、煉獄山の頂上にあるエデンの園に到達するためには、猛火をくぐり抜けなければならない。『神曲』、「煉獄篇・第二七歌」で、試練に耐え火の中を渡ったダンテに、ウェルギリウスは「一時だけの火も、永劫に燃える火も、これで君は見てきた、わが子よ」(3)と言っている。地獄の火が永遠であるのに対し、煉獄の火は束の間である。(4)「エピローグ」には「燃えさかる火」が描かれており、それを利用して描いた美しい女性は束の間の現象で、やがて消えると記されていることから、この火は「煉獄の火」をイメージさせ、ラファエルの魂が煉獄の猛火をくぐり抜けたことを示唆していると思われる。また、画家が描いた美しい女性はポーリーヌであろう。現実社会を象徴するフェドラにはいつでも会えるが、(5)この美しい女性には二度と会えないのだから、ポーリーヌはこの世のものではないことが分かる。

また、「エピローグ」に描かれた色彩は、『神曲』、「煉獄篇・第二九歌」を想起させる。


三人の淑女が、右側の車輪のあたりを、円舞に打ち興じつつ進んできた。その一人の色は、火中にあってもほとんど見分けられぬほどの真紅。

次なるは、その肉も骨も、翠玉《エメラルド》かと目を疑うほどの深みどり。第三のは、新雪のそれかと戸惑うばかりの純白色。

この三人の頭をとるもの、白かと見れば、赤またこれに代る。真紅の歌うに和して、ほかの二人の手ぶり足どり、或いは早く或いは遅し。

左側の車輪のそばにも、別に四人の淑女が楽しく歌舞する。着衣はすべて紫、かれらのうちの、頭に三つの眼あるもの、常に音頭を取る。(6)

猛火をくぐり抜けたダンテは、「煉獄篇・第二九歌」で光り輝く秘跡の行列に出会う。赤、緑、白色をした三人の淑女と紫色の着衣を纏った四人の淑女が現れ円舞するが、その頭上には愛（カリタス）の火が燃え輝いていた。三人の淑女は、キリスト教の対神徳（赤：愛徳、緑：望徳、白：信徳）を、四人の淑女は四枢要徳（賢明、正義、剛毅、節制）を表象していると言われている。[7] 対神徳の首位は愛徳であり、信と愛が交互に二徳を導き（望には導く資格はない）二人はその速さに合わせて遅くなったり速くなったりして円舞を続ける。火とつながる真紅の色は愛（カリタス）を表し、信仰を象徴する色は純白で、右側の車輪は左側よりも序列が高い。[8] 紫色の着衣をまとった女性たちは三つの目を持つ女性の後についていく。三つの目を持つ女性は四枢要徳の中の賢明を象徴するが、過去、現在、未来を見通すための三眼を持っているという。[9]『あら皮』の「エピローグ」には、最初のパラグラフに赤、青、紫が、第三のパラグラフに白が描かれている。「エピローグ」において、バルザックは「望徳」を表す緑ではなく、「空」や「自由」を意味する青を使用している。[10] また、中世の紫は真紅に近く、ダンテもこの紫を、赤すなわち愛（カリタス）の薫染を受けたものと考えており、[11] この色彩は『あら皮』の「エピローグ」に描かれた「紫色あるいは真紅に染まった」という表現と符合する。

一八三〇年十月から五回にわたり『ラ・モード』誌に掲載された『優雅な生活論』で、バルザックは次のように述べている。

教会は七大罪を承認しているが、徳は三つの対神徳しか認めてはいない。したがって、我々は、悔恨の根源を七つ持ちながら、慰めとなるものは三つのみである[12]〔……〕。

バルザックは七罪と三大美徳についてこのように述べ、自由について言及する。

このように優雅な生活にも七つの大罪と三大美徳が存在する。そう、優雅は一つにして不可分、「三位一体」のように、「自由」のように、「徳」のように。[13]

『優雅な生活論』の文章は揶揄と諧謔に満ちているが、ここでバルザックは徳が三つしかないことを嘆き、この厳格な教義がカトリック界同様に上流社会をも支配していると述べている。彼は「自由」を「三位一体」や「三大美徳」と同列に置き、「エピローグ」において、「緑」ではなく「青」を用いることで、「望徳」より「自由」に優先権を与えているのではないだろうか。

ベアトリーチェに導かれ原動天に達したダンテは、『神曲』、「天国篇・第二八歌」で、ついに鋭い光を放つ一点を認める。

さて、私が身をめぐらし、人、一心に第九天のありさまを凝視すれば、めぐりやまぬその天体に、いつとても顕《あらわ》るるものに、私自身の眼が触れたとき、一つの点を私は認めた、あまりにもきついゆえ、照射を受けた眼は、その大いなる鋭さに耐えかね、閉ずる他なきほどの光放つ、一つの点を。[14]

アリストテレスは、大きさや部分がなく分けることができない神を、「単一で不可分」という言葉で表現したが、その光はあまりにも強烈で目を閉じなければならないほどであった。[15] ダンテはついに見神を果たしたのだった。

ベアトリーチェは、神を囲む天使が形成する九環をダンテに説明し、それが天使の三階級であることを教える。[16] 天使階級は神の周囲を回転する火焔の九環から成り、喜びを表すときに火花を発散する。

火焔の環《わ》、かの一点を囲み、最大の速力にてこの宇宙をめぐる第九天の運行さえはるかにしのぐかと思わるる速さにて旋回する。[17]

神に最も近い火焔の環ほど最もきららかに澄む焔を持ち速く回転するが、それは最も優れた愛と知を備えた最高序列の天使、熾天使（セラフィム）の環である。ベアトリーチェはダンテに言う。

「しかと目を据えよ、その一点と最も近く接する環に。しかして知れ、その動きのかくも迅《はや》いは、内に燃え盛る愛の刺激、げにはげしいためと[18]」

熾天使は神への愛と情熱で体が燃えているように熱いので、「エピローグ」の第一パラグラフに記された

「えも言われぬ情熱をたたえたひとりの女、火の中の火」は、ポーリーヌが神に最も近い火焔に属する熾天使であることを示している。

こうしてベアトリーチェがダンテに九環を語ったとき、どの環からも一斉に火花が飛び出した。どの火花もそれぞれの環を離れることはなかったが、みるみるその数を増していった。ダンテはこの数の増加するさまを「チェス盤の目を倍々するより多い」と記しているが、これは、チェスを発明した人物の話をダンテが引用したものと解釈されている。チェスの発明者がペルシャ王にそれを説明したとき、王は喜び、何でも望み通りの褒美を与えると約束した。そこで彼は、チェスボードの一の目には麦粒を一粒、二の目にはその倍の二粒、三の目にはその倍の四粒というようにひと目ごとに倍の麦粒を置くように頼んだ。チェスボードは六十四目あるので、最終的に一八、四四六、七四四、〇七三、七〇九、五五一、六一五粒必要となり、ペルシャ国内の麦だけでは足りなかったという話から、「チェス盤の目を倍々する」とは数の多さを示す表現となる。[19] ダンテの記す「天国篇・第二八歌」の火花の数はそれよりも多い。

　どの火花も、燃え熾《さか》るそれぞれの火の環《わ》を離れなかったが、その数実に夥《おびただ》しく、見る見る、将棋盤《しょうぎばん》の目を倍々するよりも多きこと、幾千に達する。[20]

このように『神曲』、「天国篇・第二八歌」では、多数の天使の比喩に、「将棋盤（チェス盤）の目を倍々するよりも多きこと」が使われており、『あら皮』の「エピローグ」に記された「市松模様」はチェス盤を意味していると考えられる。
「天国篇・第三〇歌」で、ダンテは神の恩寵と栄光を象徴する光の光景を目の当たりにする。

して私は見た、あやにうるわしい春の花々に彩られた二つの堤の間を、河かとばかり一筋の光の帯の、黄金《くがね》の色の洋々と輝きわたり流れているのを。
この河から、生ける火花(21)ほとばしり出で、両岸の花の中へと落ちていったが、そのさま、黄金《くがね》に鏤《ちりば》めらるる紅玉に異ならず(22)。

「一筋の光の帯」は神の恩寵と栄光の象徴である(23)。光の河の両岸にいろいろな花が咲き、その河から活ける火花が出て花の中に落ちていく。そして次の瞬間、花と火花は変容する。

かの両岸の花々も火花も、忽然《こちねん》として、さらに大いなる欣《よろこ》びの相貌(24)を示し、わが眼前に顕《た》ち現れたのは、天の宮廷の上《うえ》つ階《きだ》たち二組《ふたくみ》(25)。

神の恩寵と栄光の象徴である光の河で、花は聖徒たち、火花は天使たちに変容する。したがって「エピローグ」に記された火花や火焔は天使を示唆している。
第二のパラグラフでは、ポーリーヌの天使性と不思議な力が描かれている。

「でも、ポーリーヌは？」

「わかりませんか？　もう一度やり直しましょう。場所を開けてください！　場所を開けてください！　ほら、あそこに幻の女王がやって来ますよ。接吻のように通り過ぎる女性、稲妻のように鋭く輝く女性、天から燃えるように迸り出た女性、まだ創造されていない存在、知性そのもの、愛そのものの女性です。彼女はなにか焔の肉体のようなものをまとっています、あるいは、彼女のために焔が一瞬燃え上がったのかもしれません！　彼女の形の線が清らかであるということは、彼女が天から舞い降りてきたことを物語っています。まるで天使のように輝いているではありませんか？　彼女の翼の羽音が聞こえませんか？　鳥よりも軽くあなたのそばに舞い降り、恐ろしい目であなたを魅惑し、その穏やかではあるが力強い息づかいは不思議な魔力であなたの唇を引きつけます。彼女は逃れながら、あなたを引き寄せます。あなたはもう地上にいるような気がしません。(26)〔……〕」

ポーリーヌは「稲妻のように鋭く輝く女性」で、「なにか焔の肉体のようなもの」をまとっている。『神曲』にも「稲妻のような光」は描かれている。煉獄山の山頂にある「エデンの園」で、ダンテは楽の音を響かせて近づいてくる一行に出会う。

するとこはいかに！　この大きな森の隅々にまで、突如光りものがみなぎり溢れた、稲妻ではないかと私に疑わせたほどの光りものが。

しかし稲妻は、光るが早いか消えてしまうのに、この光りものは、消えぬばかりか、光芒《こうぼう》を増す一方なので、思わず私は心の中で問う、「何だろう、そもこれは?」

やがてうるわしい楽《がく》の音《ね》が、光輝く空くまなくとよもす。[27]

「稲妻のように光るが、消えずに光芒を増す光」、これは秘跡の行列が放つ光であった。ダンテは、清く白い衣をつけた二十四人の長老たちと凱旋戦車、そして淑女たちに出会うが、二十四人の長老は旧約聖書二四巻を、[28]凱旋戦車は教会を表象し、[29]ここで出会う淑女たちが、「エピローグ」の第一パラグラフで描かれている対神徳と四枢要徳を象徴する淑女たちである。二十四人の長老の一人が戦車に向かい、「きたれ、花嫁、[30]リバーノより[31]」と三度繰り返し歌うと、凱旋戦車の上に多数の天使《みつかい》が現れ、「祝福あれ、きたる者に!」と歓呼する。凱旋戦車に降臨するのは「神の知恵」を象徴するベアトリーチェである。新約聖書では、イエスの死後、マグダラのマリアの前に天使が現れ、イエスの復活を伝える。その天使の姿は「稲妻のように輝き衣は雪のように白かった[32]」と記されている。バルザックは『追放された者たち』の中で、栄光に包まれた高位の天使を「光の中の光」(une lumière dans la lumière)と描いている。[33]

大須賀沙織氏は、天使が熾天使へと変容する過程を『セラフィタ』におけるセラフィタ゠セラフィトスの肉体の色の変化として示し、次のように述べている。セラフィタ゠セラフィトスは「第一章から第四章までは肉体の白色が強調されるが、第五章から白さと火の色が交互に現れるようになり、「被昇天」と題された最終章の第七章で、それまでの白い輝きが、燃える火の色へと決定的に取って替わる」と。[34]『あら皮』のテクストでは、死を覚悟したラファエルのそばに寄り添っていたのは白い服を着たポーリーヌだった。

ラファエルは彼女の白い顔を見てとても驚いた。それは水草の花びらのようであり、長い黒髪のせいで暗闇の中では白さが一層際立っていた。涙が彼女の頬に光る道筋をつけ、そこにしばしとどまって、いまにもこぼれ落ちそうだった。白い服をまとい、首を傾げ、ベッドに微かに触れていたポーリーヌは、まるで天から舞い降りた天使か、一息で消え去る幻のようにそこにいた。[35]

この場面の描写には「白い」が三度使われ、ポーリーヌの白さが強調されている。そして「エピローグ」に描かれた彼女は、「稲妻のように輝く女性」であり、「焔の肉体のようなもの」をまとっている。「稲妻のように輝く女性」は栄光の座にある高位の天使を表象し、白色から焔色へと変化したポーリーヌは、天使から熾天使へと変容したと解釈できるだろう。

次は第二パラグラフの後半の文章である。

「[……]あなたはせめて一度でもいいから、くすぐったい熱狂的な手で雪のような肉体に触れ、金色の髪をなで、その輝く目に接吻したいと願います。香気／蒸気（vapeur）があなたを酔わせ、うっとりさせる音楽があなたを魅了します。あなたの全神経が震え、あなたは欲望そのもの、苦悩そのものです。

おお、名付けようのない幸福！　あなたはこの女の唇に触れました。ところがその瞬間、ひどい痛みであなたは目覚めます。はっ！　はっ！　あなたはベッドの角に頭をぶつけ、その茶色のマホガニー材、冷たい金メッキ、ブロンズ像や銅製のキューピッドに接吻していたのです[36]」

この「香気」は蒸気のようなものから発散している。『追放された者たち』にも「香気」は描かれている。以下は、『追放された者たち』のダンテが亡霊と一緒に、碧玉《サファイア》のような星が矢を射るような速さで地上に降りてくるのを見た時の描写である。

「輝き」(La SPLENDEUR）はいよいよ明瞭となり、いよいよ増大した。そして私は天使の群れがその中で飛翔する輝かしい雲をみた。それは天使の神性から発散されるまばゆい蒸気のようなもので、あちらこちらで火焔がパチパチと跳ねていた。〔……〕天使が近寄るとき、我々は空から滴る露（rosée）のごとき芳しい香りを感じた[37]。

「輝き」を大文字で記すことで、作家は読み手の注意を喚起し、明瞭となり増大するのは神の栄光であることを示唆している。栄光の座にある高位の天使が近づいた時、ダンテは空から滴る露のような香気を感じている[38]。「エピローグ」の「蒸気から発散される香気」と、『追放された者たち』の「空から滴る露のような香気」は類似した描写となっている。また、「あちらこちらで火焔がパチパチと跳ねていた」という表現は、

「エピローグ」冒頭部の「小さな青い焔は燃えさかる火の奥で駆け回り、飛んだり跳ねたりして戯れています」（本書一一〇頁）という表現と類似している。『神曲』で、稲妻のような光とともにダンテに近づいてきた秘跡の一行はうるわしい音楽を奏でており、「煉獄篇・第三〇歌」では、諸天使が歌う讃美の声に迎えられてベアトリーチェが戦車の上に姿を現す。しかし、『追放された者たち』の亡霊は、その日天使に選ばれなかったので、この場面に「うるわしい音楽」の描写はない。「エピローグ」に記された「香気」と「うっとりさせる音楽」は罪の赦しが与えられた霊に、美しい楽の音とともに栄光の座にある天使が近づくことを暗示している。

このパラグラフでは、ポーリーヌが悪霊である可能性をもちらつかせながら、物語が夢幻劇的要素を含んでいることを示唆している。『神曲』のダンテも夢で死後の世界を巡歴していたことが頭をよぎるが、ポーリーヌが悪霊であっても天使であっても所詮は夢の中の出来事だから、あまり深刻に捉えないようにと責任の所在をはぐらかしているようにも見える。

次の引用は三度目の問いかけの場面である。

「それより、ポーリーヌですよ！」

「まだわかりませんか、聞いてください。ある晴れた朝に、トゥールを出発しアンジェに向かう船に乗った（embarqué sur *La Ville d'Angers*）一人の青年は、美しい女性と手を携えていました。このようにして結ばれたふたりは、水と太陽の影響か、それとも雲と気圧の気まぐれか、霧のただなかでロワール河の渺茫《びょうぼう》たる水面の上に人工的に生じたひとつの白い姿に長い間見とれていました。[39]〔……〕」

青年と美しい女性は、ラファエルとポーリーヌであろう。シトロンは、«*La Ville d'Angers*»をバルザックがベルニー夫人と乗船した船の名前であろうと注釈している。[40] しかし、ここは「まだわかりませんか、こうですよ」と、三度目の説明を試みる重要かつ決定的な場面なので、むしろ«*La Ville d'Angers*»自体に深い意味があるだろう。『神曲』、「天国篇・第一九歌」では、死後の霊魂が「審判の書」によって裁かれる様子が描かれている。アンジェ城は、「ヨハネの黙示録」を描いた中世最大のタペストリーを所蔵していることで有名だが、そこには良き信者だけが到達できる「天上のエルサレム」が描かれている。『神曲』、「天国篇」で、ダンテはしばしば「ヨハネの黙示録」に言及するが、バルザックも『追放された者たち』の中で、「天上のエルサレム」に言及している。[41] また、彼は一八四二年七月十二日のハンスカ夫人への書簡に、「政治的には私はカトリック教徒です。〔……〕でも神の前では、私はヨハネの宗教、神秘の教会、真の教義を守っている唯一の教会の信徒なのです。これこそ私の心の奥底です[42]」と記している。したがって、「アンジェに向かう船に乗った」という一文は、ラファエルの魂が天国に向かうことを示唆している。

ところで、二人が見つめている人工的に生じた「白い姿」とは何であろうか。『神曲』、「地獄篇」は、ダンテが暗い森の中で道に迷うところから始まるのに対し、「煉獄篇」は、朝、霧の中で白い天使の翼に導かれ煉獄山に向かう場面から始まる。地獄を後にしたダンテとウェルギリウスは、「煉獄篇・第二歌」で、深い霧の朝、亡霊たちと船で煉獄山に向かう。その時ダンテは船に近づく一筋の光と、その左右に表れた何か白いもの、さらにはその下からせりあがるもう一つの白いものを目にする。この一筋の光は天使《みつかい》の顔で、初めの白いものは天使の翼、次にせりあがったものは天使の衣であった。(43)「煉獄篇・第二七歌」には、火ぶすまの向かい側の赦しの入口で祝禱を歌う貞潔の天使たちの姿が描かれている。(44)また、「煉獄篇・第三〇歌」では、たくさんの天使《みつかい》たちの「祝福あれ、きたる者に！」の歓呼の声に迎えられ、ベアトリーチェが凱旋戦車の上に姿を現す。(45)この天使たちは永遠の生命の天使たちである。「エピローグ」の白い姿の描写はさらに抽象的になっていく。


「〔……〕水の精か空気の精のようでもあるこの捉えがたい被造物は、記憶の中をかけまわっているのに捉えられないし、探しても見つからない言葉のように大気中をふわふわと飛んでいました。そして島々の間を散策し、高いポプラの木々越しに頭を動かしていました。それから巨大な姿となって、自分の衣の多数の襞をきらめかせ、太陽によってできた顔のまわりの円光を輝かせていました。捉えがたい被造物は村の小さな集落や丘を上から見渡して、蒸気船がユッセ城の前を通るのを禁じているかのようでした。それはまるで、自分の国を近代の侵入から守ろうとするベル・クジーヌの奥方の亡霊のようでした」

「そうですか。ポーリーヌのことは分かりました。ところで、フェドラは？」

「おお！　フェドラですか、あの女には会えますよ。昨日はブッフォン座だったし、今夜はオペラ座でしょう。彼女はどこにでもいますよ。いわば社会そのものですから(46)」

『神曲』、「天国篇・第三〇歌」では、それまで火花に見えていたものが、まるく形を変え天使の群れに変化する。火花にたとえられ「叡智」とも呼ばれる天使たちは、魂で高みを自由自在に飛びかうように創られており、彼らは自由にその形を変えることができるのである。[47]『追放された者たち』で、ダンテが亡霊と一緒に見た、天使たちが中で飛翔する雲は「白く清らかな雲」であると記されている。[48]『追放された者たち』と『神曲』から類推すると、「エピローグ」に描かれた、自由に形を変えることができる、顔の周りの円光をキラキラさせながら大気中をふわふわ飛翔している捉えがたい被造物とは、天使たちの群れであると見なすことができるだろう。

ユッセ城はフランスのアンドル＝エ＝ロワール県に位置する城であり、シャルル・ペローが『眠れる森の美女』を執筆したことでも知られる。アンドル川流域は、穏やかで田園風景が美しいバルザックの好む地方であり、『谷間の百合』の舞台にもなっている。ベル・クジーヌの奥方は、アントワヌ・ド・ラ・サル（一三八六―一四六〇年頃）が一四五六年頃に書いた『ジャン・ド・サントレ』の登場人物であり、ベル・クジーヌとは王侯の家族、あるいはその側近の夫人に与えられた尊称である。彼女は訓育者として小姓サントレに、七つの大罪、神学上の三つの美徳（愛徳、信徳、望徳）、世俗間での礼儀作法等を教え、宮廷風恋愛を説いた。立派な騎士に成長したサントレは彼女を愛するようになり、奥方への愛から善行を成し、礼を弁え、騎士道精神を貫いた。サントレの奥方への愛は、愛の奉仕と封建的な奉仕に包まれた典型的な宮廷風恋愛であった。ところが、サントレが遠征に行っている間に修道僧から豪華なもてなしを受けた奥方はサントレを裏切ってしまう。この修道僧は裕福な町人の家に生まれ、ローマ教皇に貢物を献上して修道僧の地位を得た男で、粗野な小心者であった。結局、サントレに宗教的・道徳的教育を与えたベル・クジーヌの奥方自身が自分の犯した罪で罰せられ、修道僧はサントレに舌と頬を剣で貫かれる。アントワヌ・ド・ラ・サルの時代は、衰退しつつあった貴族に代わり都市住民（町人）の台頭が見え始めた頃であり、この新体制によって古い社会体制が徐々に崩壊し、時はルネッサンスへと移り変わろうとしていた。[49]この作品には町人の隆盛、信仰心を失った人々と教会への批判がベル・クジーヌの奥方と修道僧の姿を通して描かれている。バルザックが生きたフランス革命後のフランス社会も近代化が加速し、ブルジョワジーが勢力を持ってきたという点で類似した社会背景と言えるだろう。

大高順雄氏は『アントワヌ＝ド・ラ・サル研究』の中で、「アントワヌ＝ド・ラ・サルは宮廷精神や騎士道の理想を心に強く抱き、貴族社会で一生を送ったにも関わらず、写実主義的観点に立って当時の時代思潮を正確に捉え、滅びゆく封建社会の姿を描いた」と述べ、『ジャン・ド・サントレ』は近代的意味における写実主義小説の嚆矢であると記している。[50]七罪や美徳を厳しく教育する立場にあったベル・クジーヌの奥方でさえも、物質欲に惑わされ道徳的教えを捨て去り不実な罪を犯してしまったのである。

「エピローグ」の、「捉えがたい被造物」が「蒸気船がユッセ城の前を通るのを禁じているかのようでした」という描写は写実主義作家、バルザックらしい美しい一文である。蒸気船は近代を象徴し、穏やかで美しい村に暮らす信仰心の篤い人々が、近代の情熱が入り込むことによって信仰心や道徳的教えを捨て去りエゴイストになってしまわないように、天使たちがベル・クジーヌの奥方の形に結集し、蒸気船が入るのを禁止しているように見えたということではないだろうか。フィラレート・シャールの序文には、「心を蝕み、我々がいる社会の内臓を食い荒らすのはこの自我なのである。自我が増大すればするほど個別性は孤立していく。もはや絆はなく、共同生活もない。自我が君臨する。自我の勝利と猛威こそ、『あら皮』が再現したものだ[51]」と記されている。社会は自我によって崩壊し、内臓を食い荒らされた社会に絆や共同生活は存在しない。冷たい現実社会の象徴であるフェドラを描き、作家は蝕まれていく社会に警鐘を鳴らしている。

第三章　「エピローグ」の挿絵

第二章でみてきたように、ポーリーヌは熾天使であり、ラファエルの魂は天国に向かうと解釈できるのだが、『あら皮』のテクストの流れからは、やはり俄かには信じ難い結末である。そこで、一八三八年刊行のデロワ＝ルクー版の「エピローグ」に描かれた挿絵（図11）をもとに「エピローグ」の結末を再考することにする。この版には、各部の冒頭のレタリングとエピローグを含めると、イラストは一一四点あり、ほとんどが本文に組み込まれる形となっているが、それらは、カヴァルニ、バロン、フランセ、トルラ、マルクル、ラングロワ、ジュネット、ランジュ、ナポレオン・トマ、オラース・ヴェルネによるものである。[1]

バルザックは、一八三八年一月二十日のハンスカ夫人に宛てた書簡で、「この版は細心の注意を払って改訂したものであり、実存する唯一のテクストとして見なされなければならない」と告げ、作家自身がタイトルをすべて大文字にし、第一部のタイトルを「あら皮」から「護符」に変更している。[2] このことから、一八三八年版の挿絵は挿絵画家たちが独断で描いたものではなく、バルザックの関与が少なくないものと思われる。そこで、「エピローグ」に描かれた「天使」と「船」の挿絵に注目して、『神曲』との関係をさぐっていくことにする。

『神曲』、「煉獄篇・第三〇歌」では、ダンテが愛し夭逝したベアトリーチェが、白の面紗の上にオリーブの冠をつけ、緑のコート、その下には燃えるような焔色の襞のある衣をまとって彼の前に現れるが、オリーブの冠は知の象徴、白は信徳、緑は望徳、衣の焔色は愛徳を表しているという。[3] モノクロのこのデロワ＝ルクー版の挿絵からは残念ながら天使の衣の色までは分からないが、「天使」の挿絵には、「冠」と「襞のある衣」が描かれている。「エピローグ」では、「なにか焔の肉体のようなものをまとい、知性そのもの、愛そのものの女性」と記されている。つまり、挿絵の天使がまとっているのは焔色の襞のある衣であり、冠は知の象徴と考えられる。したがって、ベアトリーチェとポーリーヌは、「冠」、「焔のような肉体」、「(焔色の)襞のある衣」が一致しており、類推によりポーリーヌは「神の知恵」を象徴する熾天使であるとみなすことができる。[4] つまり、挿絵はポーリーヌを示唆し、『神曲』では「神の知恵」を象徴する熾天使ベアトリーチェがダンテを天国に導くように、『あら皮』では、「神の知恵」を象徴する熾天使ポーリーヌが、ラファエルを天国に導くと解釈できる。

「船」の挿絵の前方には、上空で自由に形を変えることができる天使たちがベル・クジーヌの奥方の形に結集し、蒸気船がユッセ城の前を通るのを禁止しているように見えるが、天使たちは神の意志に従って行動するので、罪の赦しが与えられたラファエルの乗った蒸気船を実際に阻止することはないだろう。『追放さ

図11　1838年版『あら皮』の「エピローグ」の挿絵（2点とも）。

れた者たち』のシジエは、「聖域に入るためには靴を脱がねばならぬ。あらゆる穢れから身を浄め肉体を完全に脱せよ、さもなければ汝らは焼き尽くされてしまうだろう。なぜなら神は……、神は、光だからである！」[5]と述べている。船は光に向かって進んでおり、この挿絵は、肉体を脱したラファエルが天使たちに導かれて天上の世界へと旅立ったことを暗示していると言えるのではないだろうか。

したがって、「ポーリーヌはどうなりましたか？」の問いに対する答えは、「彼女は天使から熾天使に変容し、ラファエルを天国に導きました」となり、エピローグの挿絵が示す『あら皮』の結末も、「地獄」ではなく「天国」なのである。

第三部

テクストの複合的構想

第一章　骨董店とその店主

『あら皮』のテクストは、悪魔に魂を売った主人公がとうとう最後の欲望によって死に至り、彼の魂は「地獄」へ向かうことが示唆されていると読むことができるのだが、これまでみてきたとおり、それでは主人公の魂が「天国」に向かうことを暗示する「エピローグ」の結末との間に大きなズレが生じてしまうのである。こうした複雑な問題を解く鍵は、骨董店の主人の次の言葉に見出すことができるだろう。

人が憂悶、愛、野心、不運、悲哀と呼ぶものは、私にとっては観念にしかすぎない。私はそれらを感じる代わりに夢想に変え、表現し、解釈する。人生をこんなものに食い尽くされないように、私はそれらをお芝居にして敷衍する。ちょうど内的ヴィジョンで読む小説とでもいうように、私はそれを楽しんでやるのだ。(1)

当時の作家の境遇を考えれば、この言葉は作家自身の心の叫びとも受け取れる。また『追放された者たち』に、「かの「地獄」と「煉獄」に関する最も奇妙な寓話」という文言が記されていることから（本書一〇六頁参照）、『あら皮』には「字義通り読む物語」と「内的ヴィジョンで読む物語」が存在し、前者が「地獄の物語」、後者が「煉獄の物語」ではないかと推測する。もし、そうであるならば、フィラレート・シャールの序文に記された「この書〔『あら皮』〕は寓意哲学の趣を含んでいる」という文章とも結びついてくる。『あら皮』の「エピローグ」が『神曲』に倣って描かれていることから、テクスト内にも『神曲』の影響が色濃く残されているものと考えられるため、第三部では、『神曲』と『あら皮』の間テクスト性に注目し、「内的ヴィジョンで読む物語」に焦点を当て、新たな読みを試みる。

『あら皮』の、フィラレート・シャールによる「序文」には、「奇妙な蛇行、放浪の行程と蛇のような足取り、無数のメタモルフォーズのもとでも常に存在するエゴイズムを伴った人生。このフィクションの最も些細な事件のなかにも同様の意味が隠されている」[2]と記されている。メタモルフォーズ（métamorphose）は「変身、化身、権化」[3]を意味するが、寓意に満ちたテクストは、メタモルフォーズの解明によって新たな解釈が可能になるだろう。さらに、「序文」には次の文章が記されている。

社会の内奥にある深い虚無に、まがいものの喧騒と陰鬱な輝きを対立させながら、彼は物語作家の使命がまだ終わってもいなければ、失われてもいないと思った。[4]

つまり、この作品は単なる「悪魔に魂を売った欲望の小説」では終わらず、物語作家の使命が書かせた何かがまだある、ということではないだろうか。この点に注意しながら、骨董店を中心にメタモルフォーズの解明を試みる。

『あら皮』は、若者が最後の金貨を持って賭博場に入っていく場面から始まる。社会に絶望し、死のささやきを聞きながら生と闘っていた彼は、セーヌ川に掲げられた「水難者救援所」の看板を見て思わず身震いする。彼の心に、博愛主義に身を包んだ視察官ダシュー氏が仁徳の櫂を漕ぎながら、五十フラン銀貨のために、その櫂で運悪く水面に浮き上がってきた水死体の頭を打ちつけるさまが浮かんだ。(5) 自分だって死ねば五十フランの値段になるが、生きていたのでは、身寄りも友もない一介の才人にすぎないと彼は思うのだった。偽善者へのイロニーが読み取れるこの文章は、『神曲』で地獄行きの船を漕ぐカロンを想起させる。『神曲』、「地獄篇・第一歌」で、正しい道を見失い暗い道に迷い込んだダンテの前に豹、獅子、牝狼が現れて行く手を阻む。そこにダンテが敬愛するウェルギリウスの亡霊が現れ、地獄と煉獄を通り抜ける案内者になろうと申し出る。「地獄篇・第三歌」で、「一切の望みは捨てよ」と書かれた地獄の門に着いた二人の詩人は、アケロン川の渡守カロンの船に乗ろうとする。

すると見よ、いたく年たけ、白髪《しらが》そそけ立つひとりの老人、船をあやつり、われらに近づき、叫んで言う。

「禍《わざわい》なる哉《かな》、おぬしら獄道の亡霊ども！　天を仰ぎ見る望みは捨てよ。我はおぬしらを対岸へ運ぶためにきたる、永遠の闇の中へ、火の中へまた氷の中へ。(6)」

カロンはこのように叫び、生きているダンテを見て次のように続ける。

「しておぬし、生きてそこにいる魂よ、離れ去れ、すでに死んだやからの側を。(7)」

「死んだ亡霊から離れよ」と生きているダンテに命じたカロンは、ダンテがいずれは煉獄行きの船に乗る人間であることを知っているので、彼に乗る船が違うと告げる。ウェルギリウスは「天国で決定されたことである。これ以上は聞くな」とカロンに言う。

かくてかれらは皆共に、いたく泣き、呪いの岸へより集《つど》う、神を恐れぬすべての人が待たれる岸へ。いこった炭火の眼《まなこ》の鬼カロンは、かれらをさし招き、ひとところに集め、たじろぐ者あれば、容赦なくその櫂《かい》で打つ。(8)

まわりに火の輪が燃えている目をきょろきょろさせながら鬼カロンは、恐れおののき泣き叫ぶ地獄の亡者たちの中にたじろぐ者がいれば、容赦せずにその櫂で打つ。地獄のカロンと『あら皮』のダシュー氏は、死後の世界へと運ぶ船の櫂で死者、あるいは生死の境にいる者を打ちつけるという点で類似した描写になっている。

死ぬにはまだ時間が早いと思い、ヴォルテール河岸に向かって歩き出した『あら皮』の主人公は、ふと目にした骨董店に入っていく。店内には、あらゆる時代、全世界の物が置かれ異様な雰囲気に包まれていた。彼は次第にそれらの骨董品に同化していく。

生と死の境にある奇妙な形をしたものや素晴しい作品に追い立てられて、青年は夢で不思議な空間を歩いていた。ついには自分の生命までも疑って、完全に死んでいるのでもなければ、完全に生きているのでもないこれらの品々と同化した。(9)

この場面よりもう少し後になるが、バルザックは、青年にスウェーデンボルグ（一六八八―一七七二）の名前を言わせている。スウェーデンボルグはバルザックが影響を受けたスウェーデンの神秘思想家で、主イエス・キリストによって召命され、霊界との交流体験により霊的世界を解き明かしたとされる『天界と地獄』（一七五八）の著者である。彼によると、この世では、何かが変化するのに時間を要するが、霊界では、行きたい場所に瞬時に行け、欲しいものがすぐに現れ、会いたいと思った瞬間に相手がそこにいる。要するに、この世が固定的なのに対し、霊界は絶えず変化しダイナミックに流動しているというのだ。(10)こうしたことは夢を見ていると我々にもよく起こりうることだが、人は夢の中では不思議と何とも思わないという。(11)

『あら皮』の青年は骨董店に入る前に、自分の身体が流動現象に到達するのを感じ、建物や人の姿が霧にかすみ全てが波打って見えている。[12] 彼は夢で時空を超越した流動的な世界を歩き、自分が生の世界にいるのか死の世界にいるのか認識できなくなりつつある。したがって、骨董店は「霊界」のメタモルフォーズであると考えられる。

骨董店の描写は「光」から「闇」への緩やかな移行となっている。

周りを深い静寂が支配していたので、間もなく彼は心地よい夢想へと迷い込んだ。それは黄昏の光がゆっくりと薄れるにつれて、魔術のように色調が少しずつ変化し、次第に暗い印象をまとっていった。空から放たれた一条の光が、夜の闇と闘いながら最後の赤い射光を輝かせていた。ふと頭をもたげると彼の目に、かすかに映し出された骸骨の姿が見えた。それは疑わし気に頭を右に左へと傾け、彼に「亡者はお前などにまだ用はないぞ!」と言っている感じだった。[13]

「骸骨」、「亡者」などの言葉で、骨董店はますます死後の世界の様相を帯びてくる。「亡者はお前などにまだ用はないぞ!」は、『神曲』で、地獄の渡守カロンがダンテに言った「生きてそこにいる魂よ、離れ去れ、すでに死んだやからの側を」という表現と類似している。骨董店の描写には「光と闇 (clair-obscur)」が繰り返される。ピエール・グロードは、この描写を「光と影」の巨匠であるレンブラントの絵画的技法と関連づけ、「この絵画的技法と、叡智と悪魔の容貌を兼ね備えた両義的人物との間には一つの絆が定着している」と述べている。[14] 確かに骨董店の店主は、神の知性と悪魔的な容貌を持つ両義的人物として描かれているが、「光と闇」の描写は、〈あら皮〉が出現する場面にも使われており、店主だけに限られたものではない。光から闇への移行で骨董店は次第に地獄の様相を呈し、青年は深い半睡状態に沈んでいく。死後の世界を描いた『神曲』、「地獄篇」で、ダンテが迷い込んだ暗い森は「悪徳（罪）」を寓意する。[15]『神曲』において、「光」は「神の栄光」や「天国」を表象するのに対し、「闇」は「罪」、あるいは「罪」によって堕ちる光の入らない暗い場所、「地獄」を象徴する。また「赤」は「愛」を意味するので、[16]「赤い射光」は「神の愛の光」である。この場面は、「神の栄光」から「罪」への緩やかな移行が描かれている。青年はこの異様な雰囲気の中で、頬に何か毛で覆われたもの（velu）を感じぞっとする。

眠気を払いのけようとして額に手を持っていったとき、若者は何か毛で覆われたものから生じる冷たい風が彼の頬に軽く触れるのを感じぞっとした。[17]

冷たく毛で覆われたものは「蝙蝠」かもしれないと若者は思った。『神曲』に描かれる「蝙蝠」は傲慢によって地獄に堕ちた堕天使、魔王ルチフェロを意味する。「地獄篇・第三四歌」で、ダンテは全身氷に浸され亡霊を貪り食うルチフェロを見る。

どの翼にも羽毛は無く、造りは蝙蝠《かわほり》のそれにそっくり。かれ、六つの翼をはためかすによって、三つの

風彼より起り、
そのためコチートはすっかり凍《い》てついていた。六つの眼で彼は泣いており、三つの顔から涙と血の涎《よだれ》と
がしたたり落ちた。(18)

ルチフェロの六つの翼は蝙蝠に似ており、魔王の旗の役目であるその翼をはためかすことによって風が起こり、その風のために「嘆きの川」を意味するコチートは凍っている。『あら皮』のラファエルは、何か毛で覆われたものから生じる冷たい風を感じぞっとしている。

窓ガラスが鈍いきしみを響かせたので、この冷たく撫でたのは、墓場の神秘に相応しく蝙蝠かもしれないと、彼は思った。なおしばらくは夕日の照り返しが、彼を取り巻く亡霊どもの姿をぼんやり見せてはいたが、しかし、やがてこれらの静物も同じ黒い色調の中に消えていった。(19)

文中の「墓場」、「蝙蝠」、「亡霊」、「黒い色調」は暗い「地獄」のイメージである。『神曲』ではルチフェロの翼が開くと毛深いわき腹が見え、ダンテと導者はルチフェロのわき腹の毛を伝って「地獄」から脱出する。

師のこころのままに、私はその頸に腕をめぐらす。師は好機と恰好《かっこう》の場所をよく見計らい、魔王の翼が
大きくひらいたとき、

ぴたりとその毛深いわき腹にとりすがる。毛房《けぶさ》から毛房へと師は降りてゆく、密生した毛と氷のかさぶたの間《あいだ》づたいに。(20)

バルザックは、『シスター・マリー・デ・ザンジュ』（*Sœur Marie des Anges*）の初版の草稿に、かつては高潔だったが放蕩で疲れ果てた老司祭に、死の間際で苦悶するルチフェロのイメージを与えると書いている。(21)したがって、バルザックにはルチフェロに関する知識があり、『神曲』と『あら皮』の描写は、「何か毛で覆われたもの」、「冷たい風」、「蝙蝠」が一致していることから、『あら皮』に描かれた「何か毛で覆われたもの」は魔王（悪魔）のメタモルフォーズであるとみなすことができよう。

「光」から「闇」への移行が一旦終了し、骨董店の主人が出現する場面で、今度は「闇」から「光」への移行となる。

　鋭い光で目が眩み、彼は目を閉じた。闇のただなかに赤みを帯びた空間が照らしだされて、その中心には、立ったまま彼の方にランプの光を差し向けている一人の小柄な老人がいた。(22)

目を閉じなければならないほどの鋭い光線は、『神曲』、「天国篇・第二八歌」を想起させる。「天国篇・第一歌」で、自分が燦爛たる光焔の大海に取り囲まれていることに気づいたダンテに、ベアトリーチェはすでに彼らが天上界にいることを告げる。彼女の導きによって天上界の各天を巡り原動天に達したダンテは、見神の栄光に与り、鋭い光を放つ一点に目を向ける。ダンテは光が放たれた一つの点をみたが、その光はあまりにも強烈で目を閉じなければならないほどだった。[23] このように一つの点から発する鋭い光とは「神の栄光」を表しているので、『あら皮』の目を閉じなければならない鋭い光も「神から発せられる強い栄光」を寓意し、赤は「愛」を示すので、赤みを帯びた空間から光とともに登場する骨董店の店主は「神」のメタモルフォーズであるとみなすことができる。小説の中で店主は極めて重要な役割を演ずるが、最後までその名が明かされることはない。この場面の描写は特に重要であると思われるので、バルザックが店主の容貌をどのように描いていたか、もう一度確認しておこう。

画家であるならば、この容貌を二つの筆使いと二つの異なる表現で、神の麗しい姿とメフィストフェレスの嘲笑的な面を描くだろう。というのも、この額には崇高な力、そしてその口元には不気味な冷笑が見てとれたからである。〔……〕なにかしら静かな狡知に満ちた緑色の目は、その手にあるランプがこの神秘的な小部屋を照らしているように精神の世界を照らしているかのようだった。[24]

この文章の「画家」を「作家」に置き換えると、「作家はこの容貌を素材にして、神の端麗な姿と、メフィストフェレスの冷笑の面とを、二つの筆法により、二つの異なる表現で描き出す」と読みとることが出来る。「二つの筆法」とは、「風俗研究」と「哲学的研究」、「二つの異なる表現」とは、骨董店の主人を「メフィストフェレス」と「神」のメタモルフォーズとして描き出すということではないだろうか。

スウェーデンボルグは『天界と地獄』の中で、彼の前に初めてイエス・キリストが現れた時のことを記している。それはロンドンのホテルでのことだった。遅い昼食をとった頃、あたりが薄暗くなり、床はヘビやカエルのような這う動物で覆われていった。その暗闇がいきわたり、そして突然それが消えたとき、部屋の片隅に一人の人物が立っているのが見えた。同じ日の夜、同じ人が現れ、「私は主なる神、世界の創造主にして贖罪主である。人々に聖書の霊的内容を啓示するために汝を選んだ。この主題に関して何を書くべきかを汝に示そう」と語った。霊たちの世界、地獄および天界が彼に開かれ、それ以降、スウェーデンボルグは霊的な事柄の研究に専念している。(25) また、ダンテは「天国篇・第四歌」に、次のように記している。

されぱこそ聖書は、おことたちにも判るようにとの方便から、神にも手と足をつけ、別の意味への手段《てだて》とし、聖なる教会は、ガブリエルにも、ミケールにも、また、トビアを再び健やかならしめた天使にも、人間の容姿を被《かぶ》せておことたちに表す。(26)

「トビアを健やかならしめた天使」とは、旧約聖書第二正典、「トビト書」一一章一―一五節の物語で、トビト親子の前に現れ、父の盲目を癒し、子の遭難を救った大天使ラファエルを指す。(27) ダンテは聖書を引用し、民衆が理解できるようにするため、聖書では天使や神にさえも人間の形を与えたと述べている。本書第二部で、『あら皮』の「エピローグ」を分析した結果、ポーリーヌは天使のメタモルフォーズであるとの結論に至った。バルザックは聖書と同じように天使に人間の容姿を被せていることから、神にも人間の形を与えている可能性がある。したがって、両義的な容貌を持つ骨董店の店主は、魔王（悪魔）と神のメタモルフォーズであるとも見なすことができるだろう。

店主が若者に、「ラファエロが描いたイエス＝キリストの絵を見たいというのはあなたですかな[28]」と尋ねた時、彼はイエス＝キリストとラファエロという宗教的な名前に興味を示している。イエス＝キリストの肖像画を目にした彼は、カトリックを要約する「汝ら互いに愛すべし」という戒律を読み取り、眠っていたすべての美徳を目覚めさせるが、つぎの瞬間、「どうしても死ななくてはならない」と叫ぶ。自殺の理由をあれこれ聞かれ、「不名誉なことをしでかしたのか？」と尋ねられた彼は、「不名誉なことをするくらいなら生きています」と言い、「僕の死の理由がおおかたの自殺の原因になるようなくだらない理由などと思わないでいただきたい。〔……〕僕は助けも慰めもせがむつもりはない」と答えている。店主は、「私に憐れみを乞えというつもりはない。〔……〕あなたに何一つ与えるつもりもない。そのかわり、立憲君主国の王より豊かで、権力があり、尊敬される人間にしてやりたいと思う」と言って、彼に見せるのが〈あら皮〉である。イエス＝キリストの肖像画の向かいに掛けられている〈あら皮〉は、当然肖像画とは対極にある、悪魔的なものをイメージさせるのだが、〈あら皮〉が登場する場面は、骨董店の店主が登場する際と同様に、「闇」から「光」へ移行する描写となっている。

一見しただけでは不可解な現象なのだが、この皮は陳列室を覆う濃い闇のただ中にあって、まるで小さな彗星とでもいうような極めて輝かしい光線を放っていた。この疑い深い青年は、不幸から彼を守って

くれるという、いわゆる護符に近づきながら心の中ではばかにしていた。(29)

若者は不思議な光の理由として、皮が丁寧に磨かれ、皮の縞模様が切り子のような発光点を形成しているからだと店主に説明するが、老人は答えずただ笑うばかりだった。濃い闇の中で輝かしい光を放つということは、地獄のような暗闇の中で「神の栄光」が放たれているとも解釈することができるのだが、そうであるならば、護符である〈あら皮〉がなぜイエス＝キリストの肖像画の向かい側に掛けられているのだろうか。〈あら皮〉も骨董店の店主の容貌と同様に二面性を持ち、一方では、欲望で所有者の命を縮める危険な皮であるが、他方では護符にも成り得るということなのだろうか。若者は皮を裏返し、そこにソロモンの印章が押してあることに気づく。〈あら皮〉に興味を示した若者に、店主は次のように警告する。

人間というものは、生の源を涸らす本能的な二つの行為によって衰弱していくものだ。この死の原因となる二つの動詞はさまざまな形をとるが、全て「のぞむ」と「できる」という動詞によって示される。人間の行動に対するこれら二つの言葉の間には、賢い者だけがとらえることができるもう一つの言葉がある。私もそのおかげで幸せになれたし、長生きできたというわけだ。「のぞむ」ということは我々を焼き、「できる」という言葉は我々を滅ぼす。だが「知る」ということは、我々の弱い体質を常に穏やかな状態の中に置いてくれる。こうして、欲や望みは思考によって殺され、私の中で死んでしまった。行動することと「できる」ことは我々の身体の自然の作用によって消えてしまったのだ。(30)

店主は、「のぞむ」と「できる」の危険性と、「知ること」の重要性を説く。彼は自分の体験を通し、若者に「知ること」がいかに大切かを教える。

私のたった一つの望みと言えば、見ることだけだった。見ること、それは知ることではないかね？　おお！　君、知ること、それは直感的に楽しむことではないだろうか？　事実そのものの本質を発見し、絶対的にそれを自分のものとすることではないのかな？　物質的な所有から何が残るのかね？　観念だけだ。(31)

見ることは知ることであり、それを楽しむことが大切である。物質的な所有からは観念しか残らないから、物質的な欲望にとらわれてはいけないと店主は若者に諭している。

思想の中にあらゆる現実を刻み込み、幸福の源泉を自らの魂の中に持ち、そこから地上の汚れに染まらない喜びを得ることができる人の生活がどんなに美しいか、考えてみなさい。(32)

〈あら皮〉は、「できる」と「欲する」を一緒にしたようなものだと説明した後で、店主は、「叡智は知るという言葉に由来する。狂気が過度の欲望や力でなければいったい何であろうか」と説得するが、研究や思索は若者の生活に何の糧も与えてくれなかったのである。

僕はもうスウェーデンボルグ風のお説教にも、あなたの東洋風な護符にも、また、僕が今後とうてい生きていけそうもないこの世の中に引き留めるために、あなたがしてくれるご親切な忠告にも欺かれたくないのです。[33]

骨董店の店主の言葉は、もはや若者の耳には届かない。素晴らしい大饗宴、大盤振舞い、激しい生活がしてみたいと答える彼に、店主は、「あなたは契約書に署名したのだから、あなたの望みは叶えられるだろうが、それはあなたの命を犠牲にしてのことだ。〔……〕あなたの新生活の成り行きにまかせてみよう。〔……〕そう、あなたの自殺も、日のべとなっただけなのだよ[34]」と言っている。激しい生活への欲望を抑えきれない若者は、とうとう〈あら皮〉をつかんで店の外に出る。

ダンテは「貪欲」を制御しきれない「欲望」とみており、これを政治的・社会的悪の根元とみなし、人間世界の腐敗は人間が貪欲の波の下に沈められていることから来ると考えた。[35]『神曲』、「天国篇・第二七歌」では、「貪欲」について次のように述べている。

おお貪欲《どんよく》よ、世の凡夫をば深々とおのれの底へおとしこみ、一人として欲河《よくか》の波間より、眼《まなこ》あぐる力持たぬに到らしむるは、げにそなたよな！

意志〔La volonté〕[36]は、人間のうちにみごとに花咲けども、降り続く霖雨《ながあめ》のため、すこやかなりし李《すもも》の実も、いつしか腐果《ふか》と変りはつる。[37]

人間の「意志」は生まれたときは美しいが、時が経過すると腐敗し、良き実を結ばない。ダンテは、「貪欲」を人間の罪の中でも最も罪深いものとみており、「意志」はもともと美しいはずであるが、年月が経つことで腐敗すると述べている。政治的支配者や宗教的支配者が貪欲の波に飲み込まれ、意志を腐敗させてしまっては、人間社会は悪に向かって行くばかりだとダンテは嘆いている。『神曲』に記された貪欲と意志に関するダンテの思想と、『あら皮』という欲望の小説を描き、主人公に「意志論」(Une théorie de la volonté)[38]を研究させたバルザックの思想には、通底するものがあるのではないだろうか。

第二章　『あら皮』に描かれた七罪

七大罪はキリスト教の正典の中で直接言及されてはいない。ダンテの煉獄において、魂たちは高慢、嫉妬、憤怒、怠惰、貪食、貪欲、邪淫の七罪を浄化している。(1) 山頂には、煉獄における浄化の頂点であり、天における栄光の始まりでもある地上の楽園「エデンの園」がある。『あら皮』にも七罪が描かれているので、若者が〈あら皮〉を手に取って骨董店を出るところからテクストの流れに沿って振り返る。「ああ！　激しい人生を生きてみたい」と言って〈あら皮〉をつかんだ若者が最初に望んだことは、大饗宴で大盤振舞することだった。

僕が望むのは王侯たちの豪華な宴であり、すべてが完璧の域に達したといわれる世紀にふさわしい乱痴気騒ぎだ！　客は若く、機知に富んでいて、偏見がなく、おかしなほど陽気な方がいい！　酒はとぎれることなく運ばれてくる。常により強烈でより発泡性に富み、三日間にわたって我々を酔わせてくれるような美酒が！　夜には情熱的な女たちを集めよう！　熱狂的な錯乱で「放蕩」が我々を四頭立ての馬車に乗せ、そこから世界の果てまで連れ去り、見知らぬ浜辺におろしてほしい。(2)

若者は王侯たちの豪華な「大饗宴」を望んでいる。これがキリスト教の罪を意味することは十分に理解していると思われるが、長い間貧しい生活を強いられてきた彼にとって贅沢な食卓は、一つの夢であり快楽であった。

僕には魂が昇るのか、泥沼の中に落ちるのかはわからないのだから、魂が天に昇ろうがあるいは泥の中に沈もうが、そんなことはどうでもよい！　だから僕は一つの快楽にあらゆる快楽を溶かしてくれるようにこの不吉な力に頼むことにしよう。そう、僕は最後の抱擁の中で天と地の快楽を抱きしめて死んで行かないといけないのだ。(3)

『神曲』、「煉獄篇・第一〇歌」で、ダンテは煉獄・第一冠の道床に高慢の堕罪をあらわす像が彫られてあるのを目にする。そこには、美しい熾天使だったが己の力を過信して神に反逆したため、高慢と見なされ堕天使となったルチフェロ、慢心して女神アテナと織物の技を競って女神の怒りに触れ蜘蛛に変えられた織物の名手であるギリシャ神話のアラクネーなど、高慢の罪を犯した者たちの像が彫られていた。(4)　青年の「魂が天に昇ろうがあるいは泥の中に沈もうが、そんなことはどうでもよい！」という言葉は、神を冒瀆する高慢の罪にあたる。〈あら皮〉の所有者となり骨董店を出た青年は、すぐに友人たちと出会い、初めてラファエルという名で呼ばれている。キリスト教においてラファエル、ミカエル、ガブリエルは三大天使であり、ここで主人公に大天使の名が与えられていることは興味深い。青年の「大饗宴」という望みは、彼らとともに新聞の創立者ターユフェルが催す宴に向かうことで叶うわけだが、彼自身は望みが叶うことより、出来事がごく自然に流れていくことの方に驚いている。サロンに着くと、招待客は学者や軽喜劇作家、彫刻家、画家、詩人と才知ある人たちばかりで、部屋の壁は絹と金色で覆われ、豪華な燭台、家具の絢爛たる色彩が輝き、食堂の扉を開けると、そこにはまさに彼が望んだ「大饗宴」が準備されていた。このサロンを見たラファエルは、「一年、いや半年でもいいから、こんな豪奢な生活がしてみたい！　その後なら死んでもいい」と思うのだった。

二人の友人は笑いながら席に着いた。そして、降り積もった雪の層のように真っ白で、ブロンドの小さなパンを乗せた食卓用具一式が、対称的に並べてある長いテーブルの豪華さに、言葉より早く視線でまず賛嘆の意を表した。ガラスの器は星のようなきらめきの中に虹色を反射し、ろうそくは炎の交差を無限に描き、銀の蓋がかぶせられた料理は食欲や好奇心をそそった(5)。

ターユフェルは、素晴らしいローヌ産ワイン、驚くほど高価な年代物のルション産ワイン、シャンペンなどを振舞い、料理は食べきれないほど次から次と運ばれてくる。デザートにはパイナップル、ナツメヤシ、黄色い葡萄、黄金色の桃、外国から届いたオレンジ、ザクロなど、目の覚めるような果物が菓子類とは別に並べられている。(6) こうした贅沢三昧の食事は貪食の罪となる。『神曲』、「地獄篇・第六歌」には、貪食者の亡霊が地獄・第三圏に置かれ、三つの頭を持つ怪獣チェルベロ（ケルベロス）に引き裂かれ、永遠にぬかるみの中をのたうちまわる様子が描かれている。(7)

「大饗宴」で、ラファエルは自殺を決意するまでの経緯を次のように告白している。王政復古により、オーベルニュ地方の名家の当主であった父親は破産し、父親の死後、彼に残された遺産は一、一一二フランだけだった。三年後には財産や名声を得たいと思い、ラファエルはサン・カンタン・ホテルの屋根裏部屋で年三六五フランの貧しい生活に毅然と耐えながら、研究と勉学に励んでいた。ホテルにはポーリーヌという娘がいたが、ゴーダン夫人は、経済的な事情から娘に教育を受けさせられないことを気にかけていた。ラファエルは彼女の教育係を引き受け、ポーリーヌは彼の身の回りの世話をした。ポーリーヌはラファエルを慕っていたが、ラファエルの理想の女性は社交界の中心にありながら身持ちがよく、ダイヤモンドを煌かせ、全ての人々を高慢な態度で支配しながら毅然としているような女性で、ポーリーヌのことは妹のように思っていた。ラファエルの静かな生活は、一八二九年十二月にラスティニャックに会ってから一変する。彼はラファエルに、パリじゅうで一番美しい社交界の花形フェドラ伯爵夫人を紹介する。彼の話によると、彼女を口説こうとして成功した者はおらず、夫人は豪奢なことが好きで虚栄心が強いという。その時のラファエルの全財産は三〇フランだけだったが、彼は持っていた燕尾服と白いチョッキを着て、ラスティニャックともにフェドラ伯爵夫人を訪ねる。彼女の魅惑的な美しさと洗練されたしぐさに魅了された彼は、自分の運命を変えるために人生を賭けてフェドラを誘惑しようと決心し、「ああ！　フェドラか、さもなければ死だ！フェドラ、それは幸運そのものだ！」[8]と叫ぶ。

僕は空腹をかかえ、呪詛の言葉をつぶやきながら絶対にフェドラを誘惑してやろうと思い床に就いた。この女の心は僕の運命がかかった最後の富くじなのだ。[9]

フェドラの邸宅から戻った彼は、彼女の豪奢な生活と、それとは対照的な自分の屋根裏部屋での貧窮生活を比較し、怒りがこみ上げるのを抑えきれなかった。

むき出しの冷え冷えとした、博物学者の鬘のように乱れた自分の屋根裏部屋に着いたときも、僕はなおフェドラの豪奢な邸宅のイメージにとりまかれていた。この対照は悪事を勧めるが、罪というものはこうして生まれるに違いない。僕は怒りに震えながらわが身のつつましく、誠実な貧困と、たくさんの思想を生んでくれた豊かな屋根裏部屋を呪った。神に、悪魔に、社会の状態に、父や社会全体に、僕の運命と僕の不幸について説明を求めた。[10]

研究をしていたころ、屋根裏部屋に置かれた貧しい家具は慎ましい友人であり、彼は何度か自分の心を打ち明けたものだった。誇りを持っていた屋根裏部屋での生活は、フェドラの生活を知った途端、彼に不幸の念を抱かせた。隣人の優越に対するいら立ちは嫉妬（羨望）の罪になる[11]。この後、「罪は、こうした対照から生まれるに違いない」という文章で、彼がさらなる罪を犯すことが予想される。

　足しげくフェドラの邸に通ううちに、彼は彼女にますます魅了されていった。ある日、彼女は芝居に行く約束を突然断った。最後の一エキュをふいにしてしまったという思いと、彼女が見たがっていた芝居がどんな内容なのかが気になって、彼が一人で劇場に出かけて行くと、フェドラ伯爵夫人も一人で劇場に来ていた。彼に送ってくれるようにと頼んだが、みぞれが降っていたためにフェドラの馬車は劇場の戸口まで寄せることができなかった。二人に傘をさしかけ馬車まで送った男がチップを請求したとき、一文も持たなかったラファエルは、「金はない！」という言葉をやっとの思いで口にした。その晩のフェドラの態度と言葉はあまりにも冷たく残酷で、ラファエルは、フェドラとは永遠に理解し合えないということを悟った。

　ところで、当時の若者にとって馬を所有しているか否かは大きな問題だったようだ。フェドラの急な誘いを受けた時、ラファエルは彼女が馬車で来たのか、それとも徒歩で来たのかと考えぞっとしている。

> 自分でかなり自信をもって身支度を済ませたと思った瞬間、ふと頭に浮かんだ考えでぞっと戦慄がはしった。フェドラは馬車で来たのだろうか、それとも徒歩だろうか？　雨は降るのか？　晴れるのか？　しかし、歩いて来ようと馬車だろうと、女心は気まぐれでわからないじゃないか？　彼女はお金を持っていないだろうが、サヴォワ（煙突掃除）の子供にぼろ着がかわいいと、五フランをやりたがるのだか

ら。[12]

彼女が、馬車を返してしまってはいないかと心配したラファエルの不安は的中した。リュクサンブール公園を出ると、雨が降ってきて二人は辻馬車に乗り込んだが、博物館に入る頃には雨が止んだので、ラファエルは辻馬車を返そうとした。しかしフェドラにそのままにしておくようにと言われ、彼はそれを拷問のように感じている。[13] 十九世紀の『人間喜劇』の主人公と馬車の関係を鹿島茂氏は、『馬車が買いたい！』の中で次のように述べている。

馬車に乗れない無念さ、そしてその反動として馬車を乗り回せることの快感、我らが主人公でこの二つの感情を味わわなかった者は一人としていない。特に『人間喜劇』においては、この、「馬車のないダンディ」の屈辱感があまりにも生々しく描かれているので、バルザックはこのことでよほど惨めな思いをしたのだろうとそぞろ哀れを催すほどである。[14]

ダンディにとっては馬車と同じくらい天候も重要だった。雨にあたり一張羅の洋服や帽子を濡らし台無しにすることは、社交界への望みが絶たれてしまうことである。フェドラに夢中になっていた頃、彼女に会うために絶食することはラファエルにとって何でもないことだったが、洋服のシミは彼がフェドラに会えなくなることを意味していた。

彼女に一目会うために、一週間のパン代に相当するお金を費やすこともしばしばあった。仕事を中断したり、絶食したりすることは何でもなかった！　しかし泥で汚さないようにパリの街を通り抜けること、雨を避けて駆けること、彼女の取り巻きのうぬぼれ屋たちと同じくらいきちんとした服装で彼女の邸に着くこと、ああ！　恋に心を奪われた粗忽な詩人にとって、この務めはとてつもない苦難だった。(15)

七月革命頃から一八三四年頃にかけての貧しい若者の敵は、「パリの泥」だったということだろうか。ラファエルは、雨に濡れ帽子の形が崩れてしまったのを見て愕然とした。

僕の幸福、僕の恋、それは一張羅の白いチョッキにつく泥のシミにかかっていた！　もし泥だらけになったり、ずぶぬれになったりしたら、僕は彼女に会うことを諦めねばならないのだ！　靴についたほんのわずかな汚れを靴磨きに落としてもらうための五スーの金も持っていないとは(16)！

ラファエルは、彼女の礼儀作法や振舞いについて研究し、互いに理解できないことは悟ってはいたものの、彼はまだ彼女を愛していた。フェドラの気まぐれから安い笑劇を見たいと言われ持ち合わせがなく困っていると、ポーリーヌがラファエルの部屋を掃除したときに五フラン硬貨を二枚見つけ机の上に置いたという。そして、「もうじき、あなたにはお金が入りますよ、ラファエルさん、それまでの間、何エキュかご用立てしましょうか」とゴーダン夫人がカーテンの間から顔を出して言った。こうして都合をつけたわずかなお金もフェドラのために一瞬で消え去り、しかも全財産をはたいて買った花束に、フェドラはジャスミンの香りが強すぎると不機嫌になり、固い腰掛の座席の芝居小屋に連れてくるなんてと不平を言うばかりだった。彼の苦しむ様子をそばで見ていたポーリーヌは、「あなたが愛する人はあなたを殺すでしょう」と、予言めいたことをいう。毎日二〜三時間しか睡眠をとらずに夜間仕事をして、一瞬で二カ月分の生活費を使い果たしても、フェドラに気に入ってもらえない現実が彼を疲労させていた。

あらゆる男を引き留めておくために特定の恋人を作ろうとしない彼女を理解できず、ラファエルは、彼女に何か秘密があるのではないか、ガンに蝕まれているのではないかと考え、肉体的な調査と称してフェドラを観察しようと、彼女には内緒で一夜を彼女の寝室で過ごそうと計画する。

それから、恋する男が思いつくかぎりの最も常軌を逸した、それでいて最も妥当な計画を企てた。これまで彼女の知的な面を研究してきたように、この女性の肉体面を調査するために、要するに彼女を全体的に知るために、彼女には知らせずに、彼女の寝室で一夜を過ごそうと決心したのだった。[17]

「マタイによる福音書」五章二八節には、「しかし、私は言っておく。みだらな思いで他人の妻を見る者はだれでも、すでに心の中でその女を犯したのである」[18]と記されており、フェドラに内緒で彼女の寝室に隠れるラファエルの行為は邪淫の罪にあたる。計画は、彼女がたくさんの人を招く接客日に実行された。ラファエルが帰ったと思ったフェドラは、彼を招待客の前で容赦なくけなし、ラスティニャックがそれに反論していた。招待客が帰ったあとドレスを脱いだ彼女の体には、男性の視線を怖れなければならないような大きな欠陥は見当たらなかった。眠っている彼女は穏やかで、寝顔からは、彼女が冷たい女性であるとは思えなかったので、ラファエルは自分の生活状況や彼女のために自分がどれだけ犠牲を払ったかを語れば、彼女の心に憐憫の情を生じさせることができるのではないかと考えた。けれども、愛を告白したラファエルに対し、富と名声にしか興味を持たない冷酷なフェドラは彼を侮辱し相手にしない。彼が彼女の寝室で一夜を過ごしたことを告げると、二人の別れは決定的なものになった。フェドラと別れた後、勤勉な生活を取り戻そうと屋根裏部屋から一歩も出ずに研究に取り組もうとするラファエルであったが、彼は彼女を軽蔑することも忘れることもできずにいた。仕事は思うように進まず、彼はこんな生活よりは死んだ方がましだと考え、ポーリーヌに「意志論」の写しを預け、半年間部屋を取っておいてくれるように頼んで、三年にわたる勤勉な生活を捨て屋根裏部屋から出ていく。

ラファエルの話を聞いたラスティニャックは、放蕩こそがあらゆる死の中で最上のものであると彼に告げ、賭博で二万七〇〇〇フランを手に入れる。彼らは、その金で豪華な部屋を借り、最高の室内装飾をし、馬も何頭か買う(19)。ここに貪欲の罪の一つである浪費の罪が描かれている。『神曲』で、浪費者は地獄の第四圏に置かれる。この圏では、貯めこむ者と浪費する者が未来永劫衝突し、「なぜ貯めるのか?」、「なぜ浪費するのか?」と罵りあっている(20)。ラファエルとラスティニャックは贅沢三昧の生活をし、やがて放埒な生活へと転落していく。ラファエルは、フェドラの見せかけの美しさの裏にある心の冷たさを熟知していたが、それでもまだ彼女を愛していた。借金を返済するために、母の墓がある土地を売ったラファエルに残ったのは二〇〇〇フランだった。それだけあれば、あの屋根裏部屋での研究生活にもどることもできたはずだが、放蕩は彼を離さなかった。ラファエルは、自分が一人の道楽者となったことを認め、「やがて放蕩が恐怖の威厳を持って僕の前に現れ、僕は放蕩というものを理解した！」[21]と言っている。

ついにフェドラは虚栄心という病を僕にうつしていた。自分の魂を調べてみると、それは退廃し、腐敗していることが分かった。悪魔は僕の額に蹴爪の跡を刻んでいた。それからというもの、僕は絶えず危険と隣り合わせの戦慄、富の忌まわしい洗練なしには暮らせなくなった。億万長者になっても、僕は相変わらず賭け事をし、食べ、走り回ったことだろう。僕は、もはや一人でいたいとは思わなくなっていた。高級娼婦や偽りの友、僕を酔わせてくれる高価な酒や御馳走が必要だった。[22]

彼らは、ますます怠惰な生活の快楽にひき込まれていく。高級娼婦、高価な酒や御馳走のない暮らしは考えられなくなっていた。ここに怠惰の罪が描かれている。「悪魔は僕の額に蹴爪の跡を刻んでいた」という表現は、『神曲』、「煉獄篇・第九歌」で、ダンテの額に罪を意味するPの文字が七つ刻まれるのを想起させる。[23] 七つのPとは、煉獄の七つの冠で一つずつ浄化されるべき七つの罪を表し、Pは罪を意味するラテン語《peccatum》の頭文字である。[24]『あら皮』の「蹴爪の跡」と『神曲』の「Pの文字」は、額に罪の印が刻まれるという点で類似した表現となっており、バルザックによる『あら皮』初版の序文には、「顔に七つの大罪の醜悪さを刻み付けようとする」という言葉が記されている。[25]

母の墓がある土地を売り払い、放蕩を続けていたラファエルに残ったのが、ついに二〇フラン銀貨一枚のみとなったとき、彼は突然護符のことを思い出し、ポケットから〈あら皮〉を出しながら叫んだ。

「僕は、いま生きていたい！　僕には金があり、あらゆる徳も備わっている。僕に抗えるものなんて何もないさ。すべてをできる人間がうまくいかないなんてことがあるものか？　そうそう、ぼくは二十万リーブルの年金が欲しいと思った。きっと手に入るだろう[26]」

信じていない様子のエミールに、ラファエルは皮の寸法を測ろうと提案する。ナプキンを広げその上に〈あら皮〉を置き、護符の輪郭をインクの線で描いた。しばらくして、公証人のカルドーがラファエルの母方の親戚が残した遺産だという六〇〇万フランの遺産相続金を持って現れた。

「あなたのお母様はオーフラアルティー家の方ではありませんか?[27]」

年金二〇万リーブルが欲しいと望むのは貪欲の罪であるが、その願いは遺産という形で彼の懐に舞い込む。三回繰り返して護符を見ていたラファエルは、エミールが描いたインク線の中で、〈あら皮〉がその形を変えていることに気づいた。

こうして、〈あら皮〉によって富と名声を手にしたラファエルは、次第に咳の症状に悩まされるようになる。最新の医学や科学の力で何とか皮を伸ばそうとするが、皮はびくともしない。医師に勧められてエクスの温泉地で療養を始めたラファエルは、ある日、湯治客の何人かが集まるクラブのサロンで心地よい夢想に身を委ねていたが、気温が下がってきたので窓を閉めてその場を去ろうとした。その時一人の老女が、「すみませんが、窓を開けておいてくださいませんか。暑くて息が詰まりそうなので」と言ったが、その言葉にはとげとげしさが含まれていたので、彼は従僕を呼びつけ、「この窓を開けろ」と命令した。この瞬間みんなの顔に驚きが広がり、ラファエルは次第に孤立していった。思えば自分の運命と病気のことばかり考え、つまらないおしゃべりは避け、他人のことには無関心だった。かつて賭け事で負かしておいて挽回する機会も与えなかった老人、ラファエルに好意を示しながら相手にしてもらえなかった女の非難の目は、知らぬ間に彼らの虚栄心を傷つけたという罪に対する非難の眼であった。ラファエルの裕福さは周囲の者をいらだたせ、彼の謙虚さは人々の目には尊大に映った。彼の取り返しのつかない罪が彼らを結託させ、ラファエルを温泉から追い出そうとする力を結集させた。彼は人々の心を読み取り、上流社会とその虚飾を嫌悪した。恐ろしい孤独感は、ラファエルに激しい咳の発作を誘発させたが、彼に対する同情の言葉はなく、小声でささやかれるのは不満の言葉だけだった。

「あの人の病気は伝染性のものよ」

「クラブの会長はあんな人がサロンに入るのを許すべきじゃないわ」

「管理体制がしっかりしているところなら、あんなに咳き込むことは禁じられている」
「あれほどの病気の時は湯治に来るべきじゃないわ[28]」
「俺をここから追い出すつもりだ」ラファエルはそう思い、耐えきれず誰か守ってくれる人を探してビリヤード室に行ったが、彼に挨拶する人も、優しい言葉をかけてくれる人もいなかった。彼は温泉地の小さな世界の中に上流社会の掟に従った道徳があり、この上流社会を象徴しているのがフェドラであることを悟った。上流社会の女性は彼の苦しみや惨めさに対し同情など示すことはないし、頑健な身体に恵まれた人が、体内から病因を排除するように上流社会は不幸な人を追放してしまうのだった。

中学で子供たちを集めてみなさい。それは社会の縮図であって、しかもより無邪気で率直なだけに社会よりも真実な縮図である。そして学校は絶えず、侮蔑と憐憫の間に絶え間なく置かれている苦悩と苦痛の人間、あの哀れな奴隷たちをあなた方に見せてくれるのだ。福音書は彼らに天国を約束している[29]。

集団から追放される哀れな奴隷たちは、社会の縮図である学校においてはより著明である。彼らは純粋で無邪気なだけに手加減をしない。社会からはじかれた人間は、侮蔑と憐れみの中で苦しむが、福音書はそのような哀れな人々に天国を約束していると作家は述べている[30]。つまり激しい咳のために社会から追放されたラファエルが、いずれは天国に向かうことが暗示されているのではないだろうか。

療養のために温泉地に赴いたラファエルではあったが、周囲の人々は彼の咳を嫌い、侮蔑的な視線や言葉を浴びせ彼を追い出そうと画策する。社会の冷酷さを目の当たりにした彼は、「俺の咳が嫌われないようにするには、奴らに俺の力を見せつけてやることだ！」と考え、復讐心に燃える。

彼はあたりを見回し、みじめな者たちを遠ざけるために社会が醸し出すこの陰鬱な冷たさ、師走の北風が体を凍えさせる以上に、強烈に魂をとらえるあの不気味な冷たさを感じた。〔……〕彼が顔をあげたとき、娯楽に興じていた者たちは逃げ去り、彼ひとりだけだった。(31)

ある女性から、若者たちがラファエルを追い出すために決闘へと追い込もうと計画しているということを聞かされた夜、彼がクラブの近くまで行くと、自分がなにかの賭けの対象にされているような話の内容が聞こえた。一人の体格の良い男が彼に近づいてきて穏やかな口調で言った。

「どうやらあなたがご存じないことをお知らせする役目を僕が引き受けました。あなたの顔とお人柄はここに居る皆を不快にさせます、特にこの僕がそうなのです。あなたは慇懃な方だから、みんなのために自分を犠牲にして下さいますよね。もう二度とクラブには来ないでいただきたい(32)」

ここに逗留すれば、サロンの暑さや光、空気がラファエルの病気を悪化させることになるという青年に、

「医学をどこで学んだのですか？」と質問すると、「私はパリのルパージュ射撃会の免状を持っているし、剣術は免許皆伝の腕前ですよ」という答えが返ってくる。「礼儀作法の法典を研究すれば申し分のない貴族になれますよ」と、ラファエル・ド・ヴァランタン侯爵は言い返した。結果的に、彼は売られた喧嘩を買う形で決闘を承諾する。決闘の直前ラファエルは青年に、謝罪をしないと命を落とすことになるから謝罪をしてほしいと頼んでいる。しかし謝罪はなく、でたらめに打ったラファエルの弾丸が射撃の名手である相手の心臓を射抜く。その直後に、ラファエルは〈あら皮〉がかなり縮んでいることを確認するが、これは彼が、決闘に勝って自分の力を彼らに見せつけることを望んだためである。あらゆる侮辱に対する復讐の欲求は憤怒の罪となる。[33]『神曲』、「地獄篇」で、憤怒者たちの亡霊は第五圏に置かれ、泥まみれになっている。その怒りの形相はすさまじく、彼らは手だけでなく、頭、胸、足を使って殴り合い、互いをばらばらにかみ砕いている。[34]

これまで見てきたように、『あら皮』には、キリスト教の七罪である高慢、嫉妬、邪淫、怠惰、貪欲、貪食、憤怒の罪が描かれている。

第三章　煉獄の物語

1　ダンテの煉獄と『あら皮』に描かれた煉獄の門の鍵

ジャック・ル・ゴッフは、罪人や罪に関するカテゴリー分類において、アウグスティヌス（三五四―四三〇）の思想の中には四種類の人間が存在すると述べる。[1] すなわち、異教徒もしくは犯罪者などの救われる希望が全くなく地獄へ直行する者、その対極にある殉教者、聖人、義人などごく速やかに天国へ行くもの、その中間に不完全な善人と不完全な悪人が存在する。不完全な悪人も結局は地獄行きとなり、残るのは完全に善人ではなかった人間であるが、こうした人間の数は少なく、この者たちは浄罪の火をくぐって救われる可能性があるという。[2] この火は過酷であっても永遠の試練ではない。[3] さらに、この者たちは、「神との仲介をする資格のある生者のとりなしの祈りによって、罪を犯しはしたが最終的に救済に値した場合は、刑罰の軽滅を受けることができる。そういう評価は、概ね善良な生活を送り、行いを改めようと不断に努力し、慈善の行為を完全になし、また「悔悛」の秘跡を受けることによって獲得される」[4]。

悔悛と「浄罪の場」との関連づけは十二―十三世紀頃に重要となり始めるが、アウグスティヌスは浄罪の時を死と復活との中間期に置き、地上での浄罪を明確にした。その根底には、地上の「苦悶」が主要な「浄罪の場」となるという思想があったからだとジャック・ル・ゴッフは述べている[5]。

ヨーロッパに煉獄という概念が定着したのは、一一七〇年―一二〇〇年の間と考えられている。十三世紀に入ると、トマス・アクィナス（一二二五―七四）が『神学大全』（Summa Theologiae）を記したが、未完のままこの世を去ったため、これまで『神学大全』のほとんどの原典版と翻訳は、第Ⅲ部第九〇問題第四項までをトマス自身の著書として扱い、彼の弟子たちがトマスの初期の著書『命題論集註解』に基づいて編集した「補遺」とは区別されてきた[6]。したがって「補遺」はトマスの純正なテクストではないが、ジャック・ル・ゴッフは、忠実な引用と一貫性において優れているだけでなく、死後の世界の問題に対するトマスの決定的な見解と考えられるものが示されていると評価している[7]。トマスは、魂の向かう場所は魂の状態によって異なり、善の報酬に値する場合は天国へ、悪の報酬に値する魂は地獄へ、そして原罪のみを負っている魂は幼児たちのリンボに行くと述べる。彼は、死後の「浄化の場所」である煉獄の存在を認めてはいたが、トマスにとって、死後の世界に存在する真の場所は「天国」、「幼児たちのリンボ」、「地獄」の三つであり[8]、そこに「煉獄」はなかった。アウグスティヌスによって「地上」と位置づけられた「浄化の場所」を、トマス・アクィナスは「地獄の近く」と答えている。なぜなら、煉獄の魂は自分の中の優れたものではなく、劣

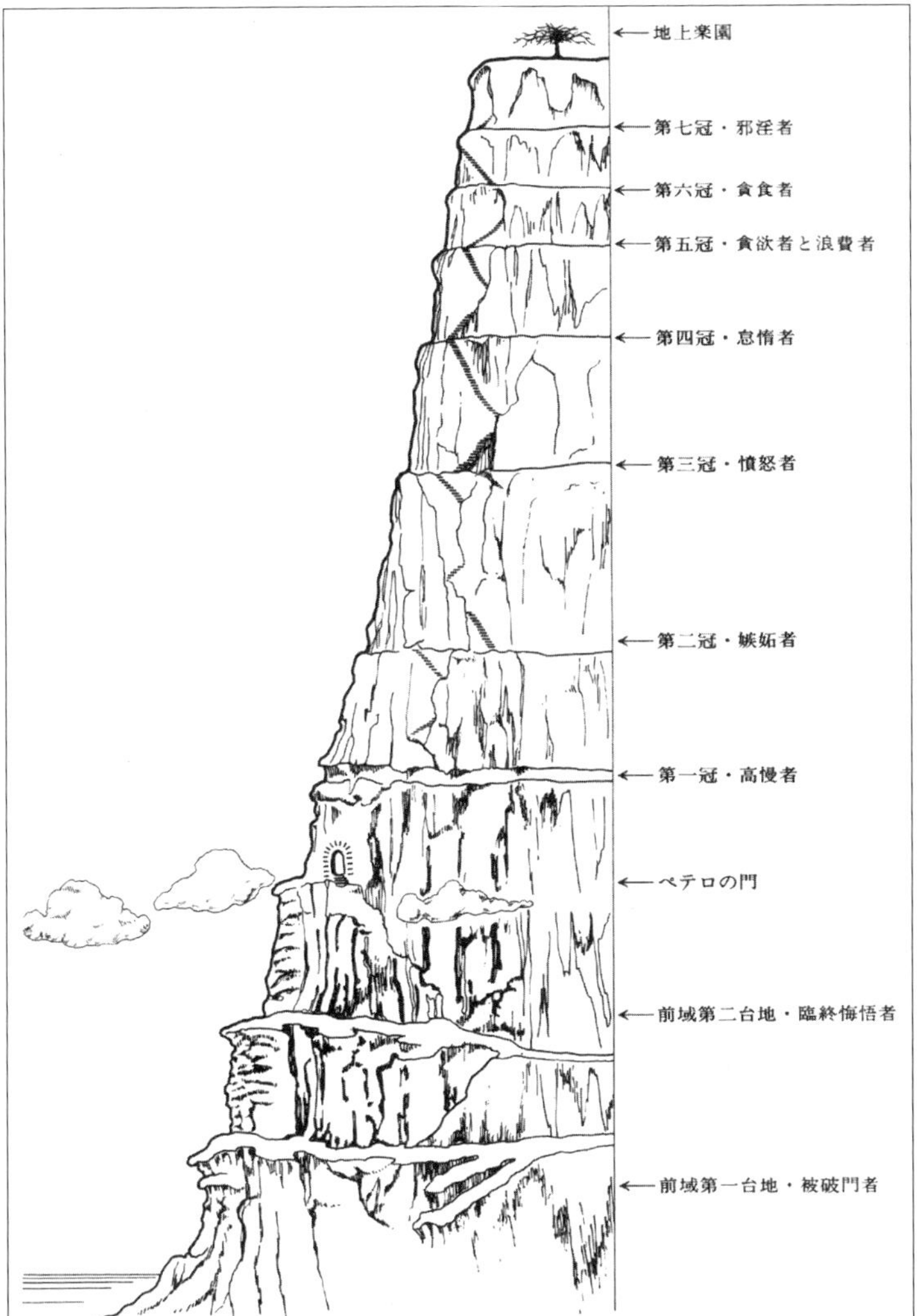
地上楽園
第七冠・邪淫者
第六冠・貪食者
第五冠・貪欲者と浪費者
第四冠・怠惰者
第三冠・憤怒者
第二冠・嫉妬者
第一冠・高慢者
ペテロの門
前域第二台地・臨終悔悟者
前域第一台地・被破門者

図 12　煉獄山の図。

るものによって罰せられるからだという。[9] 長い間その位置が定まらなかった「煉獄」は、一三二一年、ダンテ・アリギエーリの『神曲』によってその地位が確立される。『新カトリック大事典』には、「煉獄の教えは十三―十四世紀に東方正教会との論争を契機に教皇や公会議において表明されるようになった。インノケンティウス四世の書簡は、赦しの秘跡を受けたが、それを全うせずに死ぬ者や小罪を犯して死ぬ者の魂が死後浄められること、浄化の場所が煉獄と呼ばれていること、小罪の浄化が一時的な火の中で行われることに言及する[10]」と記されている。

ダンテは、南半球の、エルサレムとは対蹠地にある山を煉獄として描き、そこに高慢、嫉妬、憤怒、怠惰、貪欲、貪食、邪淫の七つの大罪を清める環状の岩棚を築き、山頂には地上の楽園として「エデンの園」を置いた。[11] ダンテが『神曲』に描く煉獄山の麓には、まだ煉獄に入ることが認められない死者が待機する「前域」があり、それは、死者に追加の試練を与える必要があると考えたダンテの独創によるものである。[12]『神曲』、「煉獄篇・第一歌」で述べられているように、煉獄の目的は人の魂を清め、天に入るのにふさわしくすることであり、罪の浄めこそが、この山での本質的な行為である。(図12)

『神曲』で、地獄を後にしたダンテとウェルギリウスは南半球にある島の岸辺に到着する。亡者たちを運ぶ船は白い天使たちの梶取で煉獄山に向かい、ダンテと導者は煉獄前域の第一台地にて被破門者の亡霊に、第二台地で臨終悔悟者の亡霊の一群に会う。彼らはみなダンテに助力と祈りを求めるが、それは浄罪の進行と天への上昇は生者の助力に依存するところが大きい故である。[13] この点で、ダンテはとりなしの祈りに対する信仰を重視している。[14] 鷲にさらわれた夢を見て目覚めると、ダンテは聖ルチーア[15]によって既に煉獄の入口まで運ばれていた。ダンテが描く煉獄の門は地獄の門とは対照的にとても狭く、それは、「福音書」に描かれているように、わずかな者しかそこを通過できないことを意味しているという。[16] 門衛は二人の詩人に、門に至る前に悔悛の段階を表す三つの階段を登らせる。[17] 罪は神に対する背きであるから、悔悛なしに神に許されることは不可能である。罪という背きは、人間の意志が転向することによって、神から背反してしまうことである故、神に対する背きが許されるためには、人間の意志が神に背いたことへの嫌悪、およびそれを改善しようとの決意をもって、神へと転向することが必要とされる。悔悛の秘跡は一般に司祭によって成されるが、神は司祭なしでも罪を赦すことができる。[18] なぜなら神の恩寵は人間の意志を悔悛するよう導き、罪人を悔悛へと引き寄せるからである。[19] 悔悛は、心の内なる「痛悔」、口を用いる「告白」、及び行動による「償い」によって構成される。[20]『神曲』の悔悛の第一段階は、白大理石で悔悛の「告白」を表象する。第二段階は、ひび割れた黒っぽい濃い紫色の階段で「痛悔」を表象する。痛悔とは、「犯した罪に対する霊魂の苦悩と嫌悪、及び将来再び（罪を）犯さざる決心である」[21]。黒色の階段は焼かれ打ちひしがれた心の暗さを、ひび割れはその脆さの自覚を示す。第三段階は、赤い縞目で「贖罪」を表象し、悔悛者自身の生命と愛が噴出されていることの表象と、キリストの血が全人類の贖いとして流されたことを示す。[22] ウェルギリウスは、その階段の上にいる神の御使者に、門を外してくれるようにへりくだって頼むようにダンテに言う。[23] ダンテは聖なる足元に恭しくひれ伏し門を開けてくれるように頼むが、それに先んじて、彼はまず自分の胸を三度打つ。三度胸を打つのは、身、口、意、三業の罪ゆえで、告白に際し悔悛者は司祭の前で、「わが罪のため」、「おのれが罪のため」、「わが深重の罪のため」と、一句ずつ唱え胸を打つのがしきたりだったためである。[24]

キリストの代理者である門衛の天使は、ダンテの額に七つのPをしるし、門内に入ったなら心してこの疵《きず》を洗い流すようにと言い、衣の下から金と銀の鍵を出し、この鍵がうまく回らないときには、金輪際入口は開かないと告げる。[25]「マタイによる福音書」一六章一五―一七節では、イエスがペテロに「天の国への鍵」を授ける。金の鍵は罪の許しの権能を神が教会に与えたことの表象であり、銀の鍵は堅く絡み合っている罪の結び目を、教会とその代表者が解きほぐすためのものである。そのため、その操作には「かなりの技と知恵」を必要とし、この二つの鍵の呼吸が合わなければ、告白による罪の赦しが成就することはない。[26]『あら皮』にも「悔悛の秘跡」は描かれているが、それについては、後に記すことにする。

『あら皮』の「エピローグ」は、ラファエルの魂が天国に向かうことを暗示しているが、彼は殉教者でもなければ純粋なままで死に至ったわけでもない。けれども赤貧の中で研究を続け、ポーリーヌを教育し、貧しい老人と子供に施しをするなどの善行を行っており、アウグスティヌスの四種類のカテゴリーにおいては、不完全な善人に属するだろう。したがって至福に達するためにはあらゆる罪を浄化しなければならない。『あら皮』には七罪のみならず、七罪の浄化も描かれているので、『神曲』と比較しながら、再度テクストに沿ってその描写を辿る。

ある雨の日、無一文となり、ずぶ濡れになって宿屋に戻った彼は、ポーリーヌと母親のおしゃべりを耳にする。「ラファエルさんは七号室の学生さんよりずっと良いわ」とポーリーヌが言い、教養を与えてくれた彼を兄のように慕っているという。ポーリーヌの言葉は、フェドラの冷たい仕打ちに疲弊しきったラファエルの心身を温かく包み込んだ。「今夜はクリームがあるのです。お飲みになりませんか?」とポーリーヌは、彼女の翌日の朝食になるはずだったクリームを恥ずかしそうに差し出し、彼がそれを受け取ると喜びで目を輝かせた。彼は、冷たい上流社会で探し求めていた飾り気のない真の愛情、心に触れる永遠の愛情がここにあったことに気づく。しかし、宿を出ていく決心は変わらず、旅に出るのでピアノをもらって欲しいと彼が言うと、状況を察知したポーリーヌの母親は心配しないでここに留まるようにと話す。

「今晩、聖書に結び付けておいた鍵をポーリーヌが指にはさんでいる間、私は「聖ヨハネによる福音書」を読んでいました。そしたら鍵が回ったのです。これはゴーダンが元気で調子よく過ごしているという兆しです。ポーリーヌがあなたと七号室の青年に同じことをやってみましたら、鍵はあなたのためだけに回ったのです。私たちみんなお金持ちになれますわ(27)」

ナポレオンの近衛騎兵隊の中隊長であったポーリーヌの父親ゴーダンは、捕虜となり脱走を企て行方不明となっていたが、夫人は希望を捨ててはいなかった。この場面で重要なのは、鍵が聖書に結び付けられていること、七号室の青年とラファエルのために鍵を回したのがポーリーヌであること、鍵はラファエルのためだけに回ったことの三点である。聖書に結び付けられた鍵は宗教的な意味合いが強いことを示唆している。「マタイによる福音書」一六章一五―一七節では、イエスが弟子たちに「あなたは私を何者だというのか」と問い、ペテロが「あなたはメシア、生ける神の子です」と答えると、イエスは次のように続けている。

「私も言っておく。あなたはペテロ。わたしはこの岩の上に教会をたてる。陰府《よみ》の力もこれに対抗できない。私はあなたに天の国の鍵を授ける。あなたが地上でつなぐことは天上でもつながれる。あなたが地上で解くことは、天上でも解かれる」(28)

聖書では、「天の国への鍵」を与えられたペテロはキリストの代理人として描かれており、『神曲』でも、煉獄の門の鍵を預かる門衛の天使はペテロの、すなわちキリストの代理人として描かれている。(29)これらのことから類推すると、『あら皮』で鍵を回すポーリーヌは、キリストの代理人である天使のメタモルフォーズとして描かれていると見なすことができるだろう。七号室の学生には回らなかった鍵がラファエルの時にのみ回るということは、天国に通じる煉獄の門が、七号室の学生には開かれないが、ラファエルには開かれ、彼の罪の浄化がここから始まることを示唆している。

2　七罪の浄化と自由意志

「苦悶」の部は、ラファエル・ド・ヴァランタンの邸宅に恩師ポリケが訪ねてくるところから始まる。伯父の莫大な遺産を手にしたラファエルは、ヴァランタン家に代々仕えてきた忠実な従僕ジョナタを探し出し、侯爵家の執事という地位を与えていた。誰にも会おうとしない主人と世間の人々を仲介する役割を果たしているジョナタの話によると、ラファエルは家に引きこもり奇妙な生活を続けているという。

「旦那様は同じ時刻に起床なさる。〔……〕新聞をお読みになるが、それを同じテーブルの同じ場所に置くことを命じられている。また、同じ時刻にひげをそって差し上げるのだが、今では手が震えることもなくなりました。〔……〕食事のメニューは向こう一年分、一日毎に決められています。侯爵様が望まれることは何もないのです。イチゴがあるときはイチゴを食べ、パリにサバが届いたら一番にそれを召し上がる。〔……〕そして十一時きっかりに帰宅し就寝なさいます。一日のちょっとした時間や何もすることがない時にはいつも本を読んでいらっしゃる。おわかりですかな？[30]」

ジョナタの話によれば、ラファエルは「植物のように生きたい」と口癖のように言い、食事は一年前から決められた献立に従って出されたものを食べているという。ここで貪食の罪が浄化される。『神曲』では、煉獄・第六冠で、貪食者の亡霊たちのなかに旧友フォレーゼ・ドナティー[31]を見つけたダンテは、貪食の罪の報いで、やせて醜く変わり果てた彼の姿に驚く。ダンテと導者が大樹のもとに来ると、果実を食することなく通り過ぎよという声が聞こえ[32]、その命に従った彼らの前にやがて節制の天使が現れて、ダンテの額から第六のP字を消し去る[33]。

また、怠惰者の亡霊は煉獄・第四冠に置かれ、その罪の責め苦は、精進と怠惰の実例を口々に声高に叫びながら、絶えずぐるぐる走り回ることである[34]。『あら皮』のラファエルは、以前のように高級娼婦や偽りの友人たちと放蕩にふけることなく、毎日決まった時間に起床・就寝し、髭を剃り、暇な時間には本を読んで過ごしているというので、怠惰の罪は浄化されていると見なすことができるだろう。

ラファエルの恩師ポリケは、強い政府を望み愛国的な言葉を口にしたため、ルイ＝フィリップ王から任命された大臣の一人が、彼をブルボン王朝の支持者だと非難し教壇から追放した。この老人は、貧しい甥のためにサン＝シュルピス神学校に寄宿料を支払っていたが、七月革命後から迫害され続け、とうとう職と恩給を失ったため、自分のためというより甥のために、地方の中等学校の校長の職を世話してくれるように新大臣に頼んでほしいと、教え子を頼って来たのだった。老人のゆっくり話す口調にどうにもならない睡魔が襲い、思わず彼は、「僕には何にもできませんよ。うまくいくように望んではいますが……」と答え、次の瞬間にハッとして、〈あら皮〉に眼をやった。〈あら皮〉が縮んでいることを知ったラファエルは思わず、「出ていけ、じじいめ！」と叫んだ。

「あんたは校長に任命されるよ！　殺人的な願い事より、なぜ五〇〇〇フランの終身年金を要求しなかったんだ？　そうすれば、あんたの来訪はたいして問題にならなかったのに。フランスには一〇万人分の職があるけれど、僕の命はたった一つだけなんだ！　一人の人間の命は世界中の職より尊いものだ。ジョナタ！[35]」

〈あら皮〉が縮むことを恐れたラファエルは激怒し、恩師に罵声を浴びせる。彼はジョナタを呼び、恩師に会わせたことは自分の寿命を縮める行為だと叱りつけるが、その直後、次のように言っている。

「ああ、僕の人生、僕の美しい人生！」と彼は言った。「もはや慈善的な考えもできない！　愛もない！　何もない！」彼は恩師の方に振り向いた。「私の古くからの友人に悪いことをしました」と彼は穏やかな声で言った。「私はあなたのご恩に対し、十分に報いるべきなのに。そうすれば、私の不幸が、少なくとも、善良で立派な人に幸福をもたらしてくれるでしょう」ほとんど意味の分からないこれらの語調にとても心がこもっていたので、これを聞いた二人の老人は、ちょうど意味の分からない外国語の感動的な歌を聴いた人のように泣き出してしまった[36]。

寿命が縮まることを極度に恐れているラファエルは、人のために親切にすることができなくなっている自分に気づく。麗しいはずだった彼の人生には、もはや隣人愛どころか何も存在していない。『神曲』で嫉妬の罪が浄められるのは煉獄・第二冠においてである。ダンテと導者は、そこで寛大な徳の実例を挙げる声を聴く。粗末な衣をまとい、瞼を鉄の糸で縫い付けられた、嫉妬の罪を清める亡者たちは、視覚を与えられていないので聴覚に頼り浄罪する。

飛んできた最初の声は、「かれらに葡萄酒なし《ヴィヌム・ノン・ハーベント》[37]」と高らかに呼ばわり、それを繰り返しながら、やがて
　われらの後ろに消え薄れた。
遠ざかりゆくその声の、全く聞こえなくはならぬうちに、他の声、「われこそオレステ[38]」と呼ばわって

過ぎたが、これもまたとどまらず。

「おお！」と私は思わず訊く、「父よ、なんの声ぞ、これらは？」そう私が訊ねている折しも、見よ第三の声あり、言う、「汝らが虐げ受けし者どもを愛せよ。」

時に善き師、語るらく。「この冠では、嫉妬の罪を鞭《むち》つ。さればこそ鞭の紐の出どころは、愛。[39]」

「嫉妬の罪」の対蹠は「隣人愛」であり、[40]この罪は愛の行為を示すことによって浄化される。ラファエルは、自分の行為を反省して恩師に非礼を詫び、たとえ自分の寿命が短くなっても、善良な人々が幸福になるならと恩師の願いを受け入れている。[41]自分の生命と引き換えに他の人の幸福を願うこの場面からは「隣人愛」が読み取れるので、ここには嫉妬の罪の浄化が描かれている。ラファエルに会う前に、ジョナタはポリケに、「それにしても、誰にでもよくしてくださる。本当に旦那様はおいしいパンのように好ましい方です[42]」と告げており、この言葉からも「隣人愛」が読み取れる。

ところで、迫害される原因となったポリケの「政治家は公事に専念し、食料品店の主は勘定台に、弁護士は裁判所に、貴族院はリュクサンブール宮殿にいればよい」という発言は、バルザック自身の思想でもあるのではないか。一八三三年、『ヨーロッパ文芸』に四回にわたって掲載された『歩き方の理論』の中でバルザックは次のように述べている。

近頃はルイ＝フィリップのばかばかしい厚意とやらで、どうでもいい貴族院議員の数を増やしてしまった。清廉潔白なジャーナリスト、折衷主義の哲学者、高潔な食料品屋に魅力的な教授先生、老巧なモスリン業者、そしてご存知製紙業者の方々。もし、彼らの心の底まで降りていくことができたなら、きっとこんな願いが金文字で刻まれているのを見つけるに違いない。

「どうか高貴な人物に見られますように！[43]」

ここに名が挙がっているのは、一八三二年から一八三三年にかけての実在の人物である。「清廉潔白なジャーナリスト」は、政府から助成金を受け取っていると噂されていた保守系新聞「デバ」の創刊者ベルタン・ド・ヴォーであり、「老巧なモスリン業者」はキャラコで儲けた商人のルソーである。つまり「清廉潔白」や「老巧」にはひどい皮肉が込められているのである。[44]ゆえに、ラファエルの恩師であるポリケの「それぞれが自分の職業にふさわしい場所にいるべきである」という言葉は、バルザックの当時の思想を代弁している。ポリケを教壇から追放したのも、ルイ＝フィリップに任命された大臣であった。『あら皮』の「序文」には、以下のように述べられている。

知的文化に身を任せた人間から遠ざかる信仰と愛は、あらゆる高邁な精神、各人の個性の中に閉じ込められた存在すべてを深いエゴイズムの砂漠のなかに置きざりにしようと退去する。これがバルザック氏の思想の一つである。[45]

序文はさらに次のように続く。「著者が『フランドルのイエス・キリスト』と名付けた作品では、愛と信仰の光が空から降り注ぐ。社会からのけ者にされた者たちや追放された者たちは、彼らの信仰に忠実であり続け、その道徳的純粋さで、彼らを救済する信仰の力を失わずにいる。その一方で、自分たちの高い能力を鼻にかける上流階級の人々は、彼らの傲慢さとともに悪が、彼らの知識とともに苦痛が増すのを目の当たりにする。」この文章から、社会から追放された者たちは、その道徳的純粋さで自らを救済する信仰の力を保ち続けていると読み取れる。バルザックは、ポリケのような愛国心に満ちた高邁な精神が、信仰や愛から遠ざかりエゴイストになった人々によって、社会から追放され虐げられる現実社会を描いている。エゴイズムは社会を死滅させるとバルザックは警鐘を鳴らす。ラファエルを悩ます無力で虚無に襲われた社会が示すのは、激しい欲望、外見の煌めき、現実の貧困といった円環であり、その中に個人主義が満ちているように国民性もそこに閉じ込められている。[46]ラファエルがポリケに暴言を吐くシーンには、上流社会の一員となった主人公が〈あら皮〉が縮むことを恐れエゴイストになっていく様子と、その行為を心から悔い、「隣人愛」に満ちた決断をすることで嫉妬の罪の浄化を行う姿が対照的に描かれている。

　その晩、貴族の紋章が輝く豪華な四輪馬車でイタリア座に向かったラファエルに、町娘や貧しい学生の羨望の熱い視線が注がれる。しかし彼の心にはすでに富の喜びはなく、かつてあれほど望んだ劇場のボックス席も、ロンドンに帰るイギリスの家族が譲ってくれたものであった。ロビーの暖炉のマントルピースに寄りかかっていたラファエルは、踊り子のウーフラジーと一緒にいる奇妙な老人を見かけた。それは、ラファエルに〈あら皮〉を見せた骨董店の主人であった。その容貌が絵画に描かれるゲーテのメフィストフェレスによく似ていると思ったラファエルは、さまざまな迷信にとらわれ、ハッとする。

ファウストの運命を恐れ、それを拒んだ彼は、瀕死の人々のように神やマリアに熱烈な信仰をいだき突然天に加護を求めた。輝きわたるさわやかな光は、瑞雲や白ひげの老人、翼を備えた姿、後光の中に座る美しい女性など、ミケランジェロやウルビノのサンツィオ（ラファエロ）の天国を彼に見せた。今こそ彼はこれらの素晴らしい創造を理解して、受け入れていた。ほとんど人間的な幻想画は、彼に自身の運命を説明し、まだ一縷の望みを抱かせるのだった。[47]

『神曲』全体を貫く最も大きなテーマの一つは「愛」であるが、[48]「煉獄篇」の主題は「自由意志」である。[49]『神曲』の「地獄」・「煉獄」・「天国」の各篇は一七歌が中心軸となる対称構造を形成しており、全体では一万四二三三行ある中心は七一一七行目となり、それは「煉獄篇・第一七歌」の一二五行目にあたる。チャールズ・シングルトンによると、この中心軸の上に対称的に置かれたのが、「自由意志」(libero arbitrio) という言葉である。[50] 藤谷道夫氏は、自由意志という語句が『神曲』の中心に選ばれたのは、それが人間の中心を成す概念だからであり、人間はこの両刃の刃の上を歩んでいるからである。善を選び取れば、煉獄・天国への道が開け、悪を選び取れば、地獄への道が開かれる。それゆえ「自由意志」ほど、地獄・煉獄・天国の三層構造の中心に位置するのにふさわしい表現はないと述べている。[51]

トマス・アクィナスは、意志と自由意志の区別を、「意志する」とは「端的な欲求」であり、自由意志は目的のための手段を欲求する働きである」と述べ、[52]『神学大全』第二‐一部一一四問で恩恵と自由意志について論じている。「人間は善と悪に傾くことの可能な自由意志を自然本性的にもっていた。[53]」だが、「神に反逆し人間が罪を犯した場合、この罪は神と和解することで赦されるが、その和解は神が我々を愛し給うところの愛に存する。〔……〕しかるに、我々のうちにある神の愛、つまり恩寵であって、それによって人間は永遠の生命に値する者となる[54]」と判断する。また、罪人の義化は、神が人間を正義へと動かし給うことによって成されるが、それは人間の自由意志に向けられる。神は義とする恩寵の賜物を受け取るようにと自由意志を動かす。これが「自由意志が恩恵を受けるようにと働きかける恩恵」であり、これによって人間の心の中に新しい内的習性が形成されると、罪のために壊敗していた自然本性が神の愛を実践するようになると説いた。[55]

アウグスティヌスは、「原罪によって意志に欠陥を持つ弱い人間が善を意志し、神に向かうように方向転換、つまり回心する善意志を獲得するのも、神が励まし授けてくれる「恩恵」という賜物がなければ不可能である。けれども、この恩恵によって愛の注ぎを受けると、神に対する愛が心の内奥に生じ、これによって罪に染まっていた心の深淵が浄められ、自由意志は神に向かって決断することが可能になる」と述べている。[56]人間が善意志を獲得するためには神の恩恵が不可欠であると考える点においては、アウグスティヌスとトマス・アクィナスの思想はほぼ一致している。骨董店で〈あら皮〉を手にした時のラファエルの自由意志は、悪の根源である欲望の方向に傾いている。彼は以前の生活に戻らなければならないと思いながら、欲望もフェドラへの思いも捨てきれずにいた。恩師と再会した場面で、若者は〈あら皮〉が縮む恐怖と必死で闘いながら、最終的には、自分の命が短くなることを覚悟したうえで恩師の願いを聞き入れている。この決断によって、ラファエルに「自由意志が恩恵を受けるようにと働きかける恩恵」が注がれて、イタリア座での神とマリアへの心からの祈りにより、彼の中に新しい内的習性が形成され、破壊されていた自然本性が神の愛を実践していくようになる。このように、ポリケ来訪とイタリア座で神に祈るシーンは、『あら皮』という作品において、主人公の自由意志が悪から善へと方向転換をする、非常に大切な場面である。そして、骨董店の店主（神のメタモルフォーズ）に神を冒瀆する言葉を吐いたラファエルの高慢の罪は、天の創造を理解し神の偉業を称える心からの祈りによって浄化される。『神曲』、「煉獄篇・第一二歌」には高慢者が浄罪する第一冠が描かれている。ダンテとウェルギリウス、二人の詩人はそこで背中に石を背負い階段を登る高慢者の亡霊を見る。この石は彼らに与えられた責め苦である。目を下に向け道床を見て前へ進むと、そこには高慢の堕罪を表す像が彫られていて、それらが次々とダンテの目に入る。彼は最初に、最高序列の天使セラフィムの中でも最高位のセラフにありながら神を冒瀆し、天から堕ちるルチフェロの姿を見る。[57]『神曲』、「地獄篇・第三四歌」では、蝙蝠に似た翼を持つルチフェロが氷漬けにされている。ルチフェロの三つの顔からは涙と血のよだれが滴っているが、それは罪人をかみ砕いているからである。ダンテとウェルギリウスは、キリストを売ったジュダ・スカリオット、ローマの政治家でカエサル暗殺の主謀者の一人であるマルクス・ユニウス・プルトゥス（前八五—前四二）、ローマの将軍でカエサル暗殺の主謀者の一人であるガイユス・カッシウス・ロンギヌス（前四二没）の三人の罪人が皮を剥がされ、かみ砕かれているのを見る。[58]高慢の堕罪を表す像を見ていた二人の詩人は謙抑の天使によって、ダンテの額につけられた七つのPの文字の一つが消され、ここで高慢の罪が浄化される[59]。

『あら皮』のラファエルは神に祈りをささげた直後、イタリア座の桟敷席にいるフェドラを見つける。彼女の隣にはかつての自分のように打算的な冷酷さの犠牲になっている貴族院議員の男がいた。彼がフェドラに冷たい視線を投げかけると、自分の魅力に屈しない男性はいないと思っている彼女は、自分が捨てた男の侮蔑を含む視線にショックを受ける。

突然、ラファエルの動かぬ視線に出会って、彼女〔フェドラ〕は蒼ざめた。自分が捨てた恋人の耐え難い侮蔑の一瞥が彼女を打ちのめした。追い払われた恋人たちは誰一人として彼女の力を無視することはできなかったのに、ヴァランタンだけは、世界でただ一人、彼女の魅惑から守られていた。侮られるようになった一つの力は、終焉に向かう。この格言は王の頭より女性の心に深く刻まれている[60]。

かつてのラファエルは、フェドラとは永遠に理解しあえないことを悟ってはいたが、どうしても彼女への思いを断ち切ることはできなかった。この再会の場面では、彼女の魅力に再び屈することなく理性的な判断をしていることから、ここでラファエルの邪淫の罪が浄化される。『神曲』では、人の掟を守らずに肉欲に耽った亡霊は煉獄・第七冠に置かれ、互いに反対方向に走り、行き会った地点で抱擁を交わし、交わし終われば、自らの罪を戒める実例を声高に叫んで邪淫の罪を浄罪する[61]。

ラファエルはイタリア座でもう一人の知人に出会うが、それは裕福となり、清楚で気品ある女性に成長したサン＝カンタン・ホテルの娘ポーリーヌだった。翌日ポーリーヌと会う約束をしたラファエルは、欲望に身を任せられたあの頃の生活はなんと自由で幸福であったことかと、貧しかった頃の生活を懐かしく回顧しながら以前の住居へと向かった。ところが、この時彼の頭に浮かんだポーリーヌの姿は以前の貧しい彼女ではなかった。

しかし彼が歩きながら思いおこしていたのは、サン＝カンタン・ホテルのポーリーヌではなく、前日のポーリーヌの姿だった。それは、よく夢見た申し分のない恋人、機知に富み、にこやかで、芸術的センスを持ち、詩人を理解し贅沢に暮らしている娘であった。一言でいえば、高邁な精神に恵まれたフェドラ、あるいはフェドラよりずっと裕福な伯爵夫人のポーリーヌだった。(62)

ラファエルがサン＝カンタン・ホテルに住んでいた頃、彼はポーリーヌの優しい心遣いに感謝し、彼女が自分に好意を寄せていることに気づいてはいたが、彼は貧しいポーリーヌをどうしても愛することができなかったのである。貧しかったころの生活を懐かしく思いながら、思い出すのは以前の貧しいポーリーヌではなく、昨夜の裕福な彼女であることから、ポーリーヌの純粋さと美しさに惹かれながらも、まだ富への執着を捨てきれていないラファエルの心の奥底が窺え、この時点では、貪欲の罪が完全には浄化されていない。

『神曲』では、煉獄・第五冠にて、生前欲深かった者が体を地にひれ伏して嘆き悲しみ、欲望を消し去って罪を浄化する。二人の詩人は煉獄・第五冠の環道でウーゴ・チャペッタ[63]の亡霊に出会う。彼はチャペッタ家代々の罪業を語り聞かせ、ダンテに貪欲の罰の例を読誦する。

すなわち、われらはよみがえらせる。黄金への飽くなき渇望ゆえに、裏切り者、盗賊、近親者殺しの罪重ねたピグマリオンを、
また、貪りつくす要求は叶えられたものの、それ見たことかと世の人の、つねに笑うところとなった、欲深ミーダのあのみじめさを。[64]

シリアのテュロスの王で、財宝を収奪するために妹の夫のシュカイオスを殺害したギリシャ神話のピグマリオンは貪欲の罰の第一例として挙げられる。第二例に挙げられたのはギリシャ神話のミダスである。小アジアのプリュギアの王ミダスは、触れるものすべてが黄金となる願いをバッコスに叶えてもらうが、食べ物まで黄金となるのに耐えられず、再度バッコスに頼んで、パクトロス川で身を浄めることによってこの苦しみからのがれたという。[65]浪費者も含まれる貪欲者の第五冠で、ダンテとウェルギリウスは突然亡霊たちの歓呼と煉獄山の振動を感じ驚く。それは一つの霊が煉獄から解放された喜びを表すものであり、この時解放されたのは浪費の罪を浄罪していた詩人スターツィオの霊であった。[66]ラファエルも賭博で儲けた金で室内を豪華に飾り、馬を数頭買って浪費の罪を犯しているが、従僕ジョナタの話によれば、彼は毎日千フラン使えるというのに、食事も衣服も質素だという。浪費の罪は浄化されているようにも見えるが、ラファエルが惹か

れるのは裕福なポーリーヌなのだ。どうしても富への執着を絶つことのできないラファエルに対し、ポーリーヌは、彼がフェドラに夢中になっていた頃の話をする。フェドラとの交際に必要なお金を彼に気づかれないようにそっと机に忍ばせたこと、彼の貧しい生活を支えるためにポーリーヌが夜中まで仕事をしていたことなどをラファエルは初めて知る。

「僕は君の天使のような魂を知っている。君がヴァランタン侯爵夫人となったところで、そんな肩書や僕の財産は価値がないだろう……」
「あなたの髪の毛一本の値打ちもありませんわ」
「僕にも何百万ある。しかし今の僕たちにとって財産が何になるのだろう。ああ！　僕には生命がある。これを君にあげよう。受け取っておくれ[67]」

ラファエルは彼女の献身的な愛に気づき、財産や肩書より生命の尊さに価値を認めていることから、ポーリーヌの真の愛情と新しく形成された内的習性によって、貪欲の罪は浄化されたと見なすことができるだろう。

ポーリーヌとの幸せな生活の中で、自分の願いが完全に実現されたと思ったラファエルは、〈あら皮〉が少し縮んでいることに気づき、「僕はなんて愚かなのか[68]！」と叫んで護符を井戸の中に投げ込む。結婚式を控えたある朝、二人が朝食をとっていると、庭師が珍しいものが井戸から見つかったと、二十センチ平方にも満たない〈あら皮〉をラファエルに届ける。恐怖心から思わず池に投げ捨てた〈あら皮〉が、庭師によってラファエルに届けられるシーンは、一方では死の恐怖が増すシーンであるが、他方で、「護符」は肌身離さず持っていなければならないものと考えると、〈あら皮〉の両義性を利用したバルザックの卓越した技巧が光る場面でもある。ラファエルは有名な博物学者、科学者、力学者たちに会い、何とか〈あら皮〉を伸ばそうとするが、最新の圧縮機にかけても皮はびくともしない。この時、彼はいつまでも生きたいと思うのだった。咳の症状に悩まされるようになった彼は、四人の有名な医師に相談するが、原因が分からず、医師の勧めにより療養のため温泉場に逗留する。そこで彼は、自分を侮辱した者たちに自分の力を思い知らせてやろうと決闘で若者を撃ってしまう。すぐにモン・ドールの温泉地に旅立った彼に、暗い谷間にかかる厚い雲を通して差し込む一条の日の光のように、魂に降り注ぐ突然の思いが彼の心に湧き上がった。

> 悲しげな光、冷酷な明知！　それらは過ぎ去った出来事を照らし、我々の過ちを明らかにし、我々の前に容赦なくそれをつきつける。彼は、どれほど大きな力を手に入れたとしても、それを行使する知恵だけは授けてはもらえないということに突然気づいた。[69]

最大の過ちとは、自分の力を見せつけたいという復讐心から〈あら皮〉を使って一人の若者を死に追いやってしまったことだろう。『神曲』では憤怒の罪を浄化する亡霊は煉獄・第三冠に置かれる。「煉獄篇・第一六歌」で、二人の詩人は、煙の中で悔悛した憤怒者が決定説、自由意志、世俗権力について語るのを聞く。

現世に生きる御辺たちは、一切の原因をただ上界の天だけに帰する、あたかも天が、絶対必然の力もて、
　万物を意のままにあやつるかのように。
これがもし真《まこと》ならば、自由意志は御辺たちの中に滅びてあとも無く、善行には幸福の、悪事には刑罰の、
　報いありと立つるは、正しい道理とならぬ。
天は御辺たちの志向を始動させるだけ。それが志向のすべてに亘るとは言わぬ。しかしかりに私がそう
　言ったとして、御辺たちには与えられる、善悪をわきまえる一条の光と、
自由意志とが。[70]

「善悪をわきまえる一条の光」とは、理性による弁別力を意味する。[71]憤怒者は自由意志についてさらに続ける。

自由意志は、天との最初の戦いでの疲労に耐え切り、その後、栄養さえ十分ならば、完全に勝者となる。[72]

自由意志は理性に反する激情や迷妄などに身を任せることに耐え、善徳と良俗を十分に摂取できれば完全に勝者となる。そうすれば、人間は自らの自由意志と神の力とによって天が関与しない知恵を自らの内に創出する。それゆえに、現世を行く道を誤ったのなら、その原因は自らの内にこそ探されなければならないと

述べる。[73] 決闘の場面には、復讐したいという気持ちから激情のままに行動し、青年を死なせてしまった自分の過ちに苦しむラファエルの姿と、「力」に対する「知恵」の優越性が描かれているように思われる。モン・ドールの温泉地でも、彼の咳は以前と同様に周囲の人々から嫌われ、彼自身もそうした冷たい社会に反感を抱いたが、今度は〈あら皮〉を使って力を見せつけようなどとは考えなかった。彼は自らの内に創出した知恵によって分別ある行動をとる。

彼はモン・ドールの温泉地で、死んで横たわっている仲間の臭いを遠くから嗅ぎつけ逃げていく動物たちのように、いつも急いで彼から遠ざかっていく社会の人々に再び出会った。この憎悪は相互的なものだった。最後の事件で、彼の方も社会に対する深い憎悪を抱いた。同時に彼がまず考えたことは、温泉場の近くで人里離れた隠れ家を探すことだった。彼は自然に近づき、心からの感動を味わいたいという欲求、田園のただ中で我々が心地よく身を任せられるあの無為な生活をしたいという欲求を本能的に感じていた。[74]

彼は温泉場ではなく、自然の中で暮らすことを選ぶ。[75] 侮辱に対する復讐心は消え、また、決闘したことを心から悔いることで憤怒の罪が浄化される。

これでラファエルの犯した七罪全てが浄化される。七罪を浄化したラファエルは山奥に暮らす一家と生活をともにし、自然と同化していく。

ヴァランタンはこの老人と子供の間で生活し、彼らと同じ空気を吸い、彼らのパンを食べ、彼らの水を飲み、彼らと睡眠をとり、血管の中に彼らの血をつくる決心をした。死にゆく者の気まぐれ！　この岩の牡蠣のひとつになって、死を麻痺させながら何日かでも余計に殻の寿命を延ばす。これが彼にとっては個人道徳の鉄則、人間生存の真の姿、人生の美しい理想、唯一の人生、真の人生となった。[76]

七罪を浄化したラファエルは、自らの自由意志で彼らとともに生きることを決心した。不幸な者を阻害することなく受け入れる彼らとの穏やかな暮らしは、彼に個人道徳の鉄則を教え、真の美しい人生へと導く。骨董店の主人は「見ることは知ること〔……〕叡智とは知ることからくるのではないか」と言っていた。神のメタモルフォーズである店主は〈あら皮〉を授けることでラファエルが経験できなかった世界を見せ、命の尊さと神の力の偉大さを教えた。彼の自由意志に働きかけ、内的習性を形成するように導いた神は、彼に七罪を浄化させ、真の人生とは何かを悟らせたのだろう。

　自分の死期が迫っていることを悟り、パリに帰宅し眠りについた彼の顔をバルザックは次のように描写している。

そろそろ真夜中であった。その頃になると、医学を驚異と絶望に追い込むような、生理現象の気まぐれによって、ラファエルは眠っているうちに美しく輝いてくる。白い頬は生き生きしたバラ色に染まり、少女のような優しい額には才知があらわれていた。この休息をとった、穏やかな顔のうえにはいのちが花咲いていた。母に守られて眠る幼子にもたとえられよう。彼の眠りは良好なもので、紅い唇は、澄んだ、平静な寝息をかよわせていた。そして夢で美しい人生に運ばれたように微笑んでいた。[77]

『神曲』、「煉獄篇」では、ダンテが額に罪を意味するPの文字を七つ刻まれ、浄化によってそれを一つずつ消し、七罪を浄化し終えた時Pの文字が全て消失する。怠惰な生活をしていた頃、ラファエルは、「悪魔が額に蹴爪の跡をつけた」と言っていた。それが「少女のような優しい額」という言葉で表現されたのは、七罪の浄化によって罪が消え穢れなき状態となったためではないのか。また、『神曲』、「煉獄篇」で罪を浄化する亡霊にはそれぞれ責め苦が課せられる。たとえば、嫉妬の罪を浄める亡霊は瞼を鉄の糸で縫いつけられ、高慢の罪を浄化する亡霊は重い石を背負い、体をくの字に曲げて煉獄の階段を登るが、その石の重さは刑罰の重さによって異なる。ラファエルも罪を犯しているので、煉獄で罪を浄化するのであれば、彼にも何らかの責め苦が与えられているはずである。ラファエルは、欲望が叶うごとに命が縮む〈あら皮〉を所有した。それは健康に恵まれた彼が生命を軽んじた選択をした結果であり、咳はその罪に対して与えられた責め苦だったのではないだろうか。それゆえに七罪を浄化し、天国に入ることが認められた時に、責め苦から解放され、良好な眠りと平静な寝息となるのだろう。「母に守られて眠る幼子」という描写は、聖母マリアにいだかれて眠るラファエルの姿をイメージさせる。この描写の後で白い服を着たポーリーヌが訪ねてくる。「君がいたら僕は死んでしまう」というラファエルに、彼女は「死ぬ！　私がいなくても死ねるのですか？」[78] と尋ねている。『追放された者たち』には、「聖なる地に入るためには汚れを祓い、肉体を完全に脱しなさい[79]」と記されている。罪を浄化したラファエルが天国に入るためにしなければならないこと、それは肉体を脱することだけである。

ダンテは七罪のうちでも「隣人に対する精神の罪の方が自己自身に対する肉の罪より重いと考えている」とジャック・ル・ゴッフは述べている。[80]隣人に対する精神の罪とは、隣人を見下す高慢の罪、隣人の優越に対して我慢ならない嫉妬の罪、あらゆる侮辱に対し復讐したいと欲求する憤怒の罪の三つである。[81]バルザックも主人公に関して、ポリケとの再会の場面で嫉妬の罪の浄化を、ファウストの運命を拒否し回心する場面で高慢の罪の浄化を、決闘後自らの知恵により分別ある行動をとることで憤怒の罪の浄化を描いており、特にこれら三つの罪の浄化には紙幅を割いている。また、近代の科学では一ミリも伸ばすことができない〈あら皮〉や、当代の名医でも原因解明が不可能な「責め苦（咳の刑罰）」を描くことで、作家は神の力の偉大さ、愛や信仰心の大切さを描いているのではないだろうか。

3 「生者の祈り」と「悔悛の秘跡」

『神曲』の「煉獄篇」では、しばしば祈りや歌が組み込まれるが、それは、煉獄での救済が祈りによって具体化され、祈りによって至福への道が早められるからである。[82]地獄の入口で待たされているマンフレディ[83]（一二三二―一二六六）は、ダンテが地上に帰ったら、自分が破門され地獄で劫罰を受けていると思っている娘に、自分が悔い改めにより回心し、神のゆるしを得て煉獄にいる現状を伝えてほしいと頼む。

やがてほほえみ、語るらく。「私はマンフレディ、后《きさき》コスタンツァの孫の。ゆえをもて私は君に冀《こいねが》う、
君、現世に帰るの日、
シチリアの、またアラゴーナの誇りの母なる、わがうるわしい娘のもとに赴き、訛伝《かでん》の行わるるあらば、
乞うわが娘に真実を告げよ。(84)

罪を浄化するためには、まず「煉獄」の門をくぐらなければならない。しかし、それは霊自身にはどうすることもできず、生きている者の祈りによって成就されるので、煉獄の入口で待たされているマンフレディは、娘に真実を伝えて祈るように言ってほしいと頼むのである。また、ヤコポ・デロ・カッセロ(85)(一二六〇頃―九八)はダンテに次のように話す。

じゃによって、他者をさしおき、かくひとり言《こと》あげするやつがれ、おん身に切願いたしまする。いつか、
ロマーニャとカルロの国にはさまれた、あの国を見るの日あらば、
乞う、おん身の勧奨により、ファーノ在住の有縁《うえん》の衆、私のために聖なる祈りをささげ、わしの重罪を
浄めしめたまわれ。(86)

浄罪と天への上昇は生者の助力によって促進されるので、煉獄の霊の多くは家族や友人の助力を求めるが、すでに述べたように、この点においてダンテは、とりなしの祈りに対する信仰を全面的に取り入れている。[87]また、煉獄で浄罪する亡霊たちは、課せられた苦行（責め苦）とともに煉獄山を登るが、「生者の祈り」によって浄罪が促進されると至福へと至ることができる。「煉獄篇・第一六歌」で、憤怒の罪を浄化しているマルコは神に祈ってくれるようにとダンテに頼む。

「高きに到らば、乞う、我がために祈られい」
聞いて、私はかれに。「そこもとの私への頼みは、誓って果たそうほどに、心安んぜられよ。[88]〔……〕」

「私への頼み」とは、天上においてマルコのために祈ることである。[89]要するに、煉獄においては、入口と出口で「生者の祈り」が必要となるのである。

「生者の祈り」という観点から『あら皮』を見てみよう。賭博場で負け、無一文になったはずのポケットから銅貨がでてきた時、主人公は二人の物乞いに出会う。ぼろを纏った幼い煙突掃除人は、「ラ・カリタ、ラ・カリタ、パンを買うためにどうかわずかなお恵みを！」と言い、もう一人の病気で苦しんでいる様子の貧しい老人は、「だんな、何でもいいからお恵みを。神にお祈りしましょうほどに」と言う。青年が二人に銅貨を投げ与えた時、二人の物乞いは、「だんなの命が末永きように神にお祈りしますよ」と言っている。若者は骨董店に入る前に「慈善の行為」を成しており、「ラ・カリタ、ラ・カリタ」はイタリア語で愛徳を意味する。この場面は、物乞いたちの祈りによって、若者が煉獄の前域に留まることなく狭き煉獄の門をくぐり抜けることを示唆している。またテクストには、天への上昇を促進する、煉獄の出口で必要とされる「生者の祈り」も描かれている。七罪を浄化し、モン＝ドールの自然の中で生活をしていたラファエルは、ある日、オーベルニュ女がジョナタに話しているのを耳にする。

「昨夜も一晩中死ぬほど咳きこんでいたよ。〔……〕不平を言わないのは何といっても立派だよ。〔……〕あのだんなのためにお祈りをしてあげるべきだよ。お祈りしたらすっかり治ったという話もあるからさ。過越の子羊のような、あんなにいい人を助けるためならあたしもローソク一本ぐらい供えるよ(90)」

オーベルニュ女はジョナタに祈りを勧め、ラファエルのために自らも祈りを捧げると言っている。罪を浄化する亡霊は、「生者の祈り」によってその刑罰が軽減され浄罪が促進される。この場面では、彼らの祈りによって、ラファエルの罪の浄化が促進され至福の境地に至る準備が整うことが暗示されている。このように『あら皮』には、煉獄の入口と出口で必要とされる「生者の祈り」が、どちらも描かれているのである。「内的ヴィジョンで読む物語」が「煉獄の物語」であるならば、「生者の祈り」と同様に「悔悛の秘跡」が不可欠となるだろう。トマス・アクィナスは『神学大全』に、「背きによって失われた交わりの回復は、罪人の意志、及び罪が彼にたいして犯された神の判定に従って為される。その修復には友愛による和解が探求される。〔……〕それは、背いた者が、背きをこうむった者の意志に従って交わりを回復するときに成立するためである。したがって、先に述べたごとく、悔悛者には、第一に痛悔を通じて実現されるところの交わりを回復しようとする意志が要求される。第二に、告白において自らを神の代理者たる司祭の判定に従わせること、第三に、神の役務者の判定に従って（背きの）修復を成すことが要求されるが、これは償いにおいて為される。[91]このような理由から、痛悔、告白、償いが悔悛の部分であるとされ、この三つが統合されることで悔悛の秘跡そのものの完全性が成立する」と述べている。[92]

『神曲』では、ダンテが煉獄の門の前に来た時、門衛の天使は門を開ける前に、悔悛の段階を表す告白、痛悔、償いの三つの階段を登らせる。[93]したがって『神曲』、「煉獄篇」の「悔悛の秘跡」もこの三つで構成されていることが分かる。[94]地上楽園では、美しい淑女マテルダが「幸いなるかな、罪のおおい消されたものは」とと悔悛の詩を歌いウェルギリウスとダンテを迎えるが、「煉獄篇・第三〇歌」で、悔悛をしていないダンテはベアトリーチェに激しく弾劾される。

神の崇高な定めは破られることになろう、涙溢《ほう》りおとして悔悛《かいしゅん》の負債《おいめ》もつぐのわず、もしレーテが渡られ、
そのうまし水が味わわれるとすれば。[95]

涙を注ぐ悔悛の負債を償うことなくレーテの川を渡ることは、神の法律が破られることであるとベアトリーチェに厳しく申し渡されたダンテは、泣き崩れ罪を告白したあと痛悔のあまり気を失ってしまう。[96]気がつ

くと、ダンテは淑女マテルダに曳かれ、レーテを渡っていた。煉獄山の山頂には冥界を流れる二つの河があり、ギリシャ語に由来する「忘却」を意味する「レーテ」の水は人から罪の記憶を忘れさせ、「善憶」を意味する「エウノエ」の水は一切の善行を思い起こさせる。神泉を源とする二河の水は、二つとも飲まない限り効果はない。[97] マテルダの役目は地上楽園に来たすべての霊にレーテとエウノエの水を飲ませ、さらに高き所に登る生気を与えることである。[98] 二つの河の水を飲んだダンテは生気が漲るのを感じる。ジャック・ル・ゴッフは「悔悛過程において、痛悔は特に重要で、涙を伴って表現するのがよい[99]」と述べる。

神のメタモルフォーズである『あら皮』の骨董店の主人は、若者が望む大饗宴を準備する。ラファエルはそこで、フェドラに恋をしたこと、勤勉な生活を捨て去り放埓な生活に明け暮れたこと、死を決意するまでに至った経緯を全て語っている。友人たちに語る形式を取ってはいるが、大饗宴を準備したのは神のメタモルフォーズである骨董店の店主であることから、これは直接神に対して行われた「告白」であるとみなすことができるだろう。

ポリケ来訪の場面では、恩師に暴言を吐いたラファエルの顔は蒼白となり、ぶるぶる震えた唇には泡が立ち、両目は血走っている。肘掛け椅子にどっと倒れこんだラファエルの心に反動のようなものが生じ、燃えるようなその目からは涙がとめどもなくあふれ出した。そして彼は、「あなたにおかけした厄介にも十分に報いなければならないのに。そうすれば、私の不幸と引き換えに善良で立派な人が幸福になれるでしょうから」と言い、〈あら皮〉が縮むことを承知で恩師の願いを聞き入れている。ひどい暴言を吐いてしまった自分の行為を心から悔いたラファエルの目からは涙があふれ、その言葉にはとても心がこもっていたので、ポリケとジョナタも感動的な外国語の歌を聞いた時のように涙を流している。ここに「涙を伴った痛悔」が描かれている。自分の命より「隣人愛」を選択したことにより神との和解が成立し、イタリア座で神と聖母マリアに心からの祈りを捧げ回心したことで、彼に恩寵が注がれる。神の恩寵により善意志を獲得したラファエルが良心の呵責（咳の責め苦）に耐えながら、七罪を浄化していく行為は「償い」とみなすことができるだろう。つまり「内的ヴィジョンで読む物語」には、『神曲』と同様に、「悔悛の秘跡」を構成する「告白」、「痛悔」、「償い」の三つの要素が描かれているのである。

以上のことから、「内的ヴィジョンで読む物語」には、煉獄で不可欠な「護符」、「煉獄の門の鍵」、「七罪の浄化」、「煉獄の責め苦」、「生者の祈り」、「悔悛の秘跡（告白、痛悔、償い）」などが描かれており、それは、まさしく「煉獄の物語」と呼ぶに相応しい物語であった。そして、この「煉獄の物語」には、ダンテ考案による「煉獄の前域」とそこに留まらないための「生者の祈り」が描かれているだけでなく、ポーリーヌがベアトリーチェと同じ熾天使に変容しラファエルを天国へと導くことから、バルザックはダンテの『神曲』に倣って「煉獄の物語」を描いていると見なすことができるだろう。ただ、ダンテとバルザックの思想で異なるのは、バルザックが理想とした地上の楽園は「エデンの園」ではなく、「テレームの僧院」だったという点である。

4　ラストシーンの解釈

フィラレート・シャールの「序文」はラストシーンの詳細な分析を促している。

驚異（merveilleux）はどこにあるのか。信仰はどうなったか。分析は説明しながら社会を蝕んでいく。すなわち、世界が年を重ねるほど、語りは耐え難い仕事となる。その出来事を私に説明したまえ。この行為の「いかに」とこの性格の「なぜに」を教えたまえ。この死体を細かく分析し、私を喜ばせるようになりたまえ！　解説者かつ楽しませる者でありなさい(100)！

最大の驚異としては、欲望が叶うごとに縮む〈あら皮〉が挙げられるが、賭博場で無一文になったはずの主人公のポケットから銅貨が出てきた場面もその一つである。バルザックは若者がそれを物乞いに与えるように描き、骨董店に入る前に青年が徳を備えた人間であることを印象づけている。「死体を細かく分析せよ」は、ラストシーンの分析が不可欠であるということだろう。優しく献身的な彼女が最後の一行で突然悪霊に変身したかのように見える場面である。

ついに声を出す力もなくなった彼は、ポーリーヌの乳房にかみついた。おそろしい悲鳴を聞きつけてびっくりして駆けつけたジョナタは、部屋の隅で死体の上にかがみこんでいた娘を引き離そうとした。「何をするの？　彼は私のものよ、私が殺したの、私、そう言わなかった？」[101]

最後のポーリーヌの言葉 « Que demandez-vous? dit-elle. Il est à moi, je l'ai tué, ne l'avais-je pas prédit? » は、「何をするの？　彼は私のものよ、私が殺したの、私、そう言わなかった？」と訳すと、ポーリーヌが悪魔の使いのようにも読める。けれども「エピローグ」には、「彼女は微笑み息を引き取る」(elle sourit, elle expire) とあるので、「何をするの？　彼は私（天国）に属しているの、私が彼を死に至らせたの、私、そう言わなかったかしら？」と訳すと天使の言葉のようにも読める。したがって、ポーリーヌの最後の言葉からは、ラファエルの魂の行方は「地獄」と「天国」、両方の解釈が可能になるのである。

5　『あら皮』とゲーテ『ファウスト』との比較

ファウスト伝説は、十六、十七世紀ごろから広くドイツに伝えられている魔術者伝説の一つである。[102]魔術は古来より宗教と同じように人間の魂を支配してきた大きな力であるが、宗教が神に帰依するのに対し、策略にて神の秘密を探りこれを利用しようとするのが魔術である。[103]宗教家からは、神を穢し、堕地獄の罪に値すると考えられてきた魔術は、科学との関連も有し、科学的研究が神への驕りとみなされ裁かれた例も少なくない。その代表的なものが十三〜十四世紀に盛んになった錬金術である。[104]このころには、医術や錬金術を神秘的哲学思想に関連付け、自らが神の役割を実践することで自己の欲望を満たそうと考える魔術師が生まれ、こうした魔術師は地獄の悪魔と結託し、悪しき欲望を貫くものと思われていた。一五八七年、『ファウスト』伝説はヨハン・シュピースによって、はじめてまとまった物語として刊行され、クリストファー・マーロウによって戯曲『ドクトル・ファウストの悲劇』(一五八八)が書かれた。この戯曲は、それまで神への背反者として扱われてきたファウストを初めて承認する立場から書かれたもので、旅興行や人形芝居により各地に広まったものと考えられている。当時のファウスト劇の筋は次のようであった。

あらゆる学問を究めても満足を得られないファウストは、悪魔の力を借りて天地間の秘密を探り、大富豪となって享楽を味わい尽くし、短い間でも神に匹敵する者になりたいと欲し、悪魔と契約を結ぶ。悪魔はファウストの欲望を満たすために二十四年間は彼に尽くすが、それが過ぎたら彼の魂は悪魔のものとなるのである。ファウストは悪魔を伴い天国や地獄にも行き、魔法の力で快楽を味わうが、それでも心からの満足は得られない。彼が後悔し、神に祈って赦しを乞おうとした時、悪魔はファウストにギリシャで一番美しいヘーレナをひきあわせる。ファウストは彼女の美しさに酔いしれ、再び快楽の世界へと引き戻され、契約期間が切れた時、彼の魂は悪魔のものとなり地獄へ堕ちる。

マーロウによって大きく変化したファウストの姿は、十八世紀に入りレッシングによって、さらにその地位が高められる。啓蒙家である彼は、真理探究の欲望が悪魔と契約を結ばせたとしても、それを堕地獄の罪とは認めず、悪魔が彼の魂を手に入れようとした瞬間に一人の天使が現れ、全曲がファウストの見た一場の夢に過ぎなかったと告げる『救われるファウスト』を書いた。一七七五年に、パウル・ワイトマンは、最後に後悔したファウストが神の慈悲により救われる結末を描いたが、その過度の寛大さは、信仰心の篤いキリスト教徒によって非難を浴びた。

ゲーテの『ファウスト』（第一部一八〇八、第二部一八三二）は、十五〜十六世紀に実在した錬金術師を題材にしていると言われている。[105] 彼は一八〇八年に、後の第一部となる『悲劇ファウスト』を発表し、一八三一年七月二十二日の日記に「主要な仕事を成し終えた」と、第二部が完成したことを記しているが、第二部が刊行されたのはゲーテの死後であった。二十歳ごろから構想を練り、八十二歳で完成した『ファウスト』は、数度の中断が入るもののゲーテが生涯をかけて練り上げた作品であり、その特徴は、グレートヘンのエピソードに見られる。恋人のグレートヘンはファウストに会うために、母親に睡眠薬の量を誤って与え死なせてしまう。彼女はファウストとの間の子供を抱いてさまよい、その子を池に投じたために私生児殺しの死刑囚となる。ファウストは彼女を救いに行くが、彼女は逃げようとはせず刑に服することを選び、彼女の純粋な魂は神に救われる。第二部の五幕でいよいよファウストの魂がメフィストフェレスに奪われそうになると、天から降りてきた天使の群れが撒き散らした紅のバラが悪魔たちの身体を焼き、ファウストの魂は救われる。彼の不断の努力が天上の恵みを得、かつて愛した女性グレートヘンの魂がファウストのために聖母に恩寵を乞い、彼の魂を至福へと導いたのである。

これまで、『あら皮』は、ゲーテの『ファウスト』の影響を受けていると言われてきた。確かに、『あら皮』を字義通りに読んだ場合、骨董店の主人の容貌がメフィストフェレスをイメージさせること、「悪魔との契約」を描いているという観点から見れば、『あら皮』はゲーテの『ファウスト』の影響を受けた作品であると言えるだろう。結末に注目すると、ゲーテは「救われるファウスト」を書き、バルザックも「天国」へと向かうラファエルを描いている。しかしながら、『あら皮』初版が刊行された一八三一年八月にはゲーテの『ファウスト』第二部はまだ刊行されておらず、『あら皮』の結末が『ファウスト』の影響を受けたとは言えないだろう。『あら皮』には、ダンテの『神曲』に倣ったと思われる「煉獄の物語」が描かれている。『神曲』、「煉獄篇」の主題が自由意志であることから、ラファエルとファウスト博士を自由意志の視座から比較すると、ファウスト博士が自由意志で「悪」を選び取り、好奇心から快楽の道を突き進んで「悪魔との契約」を全うするのに対し、ラファエルはファウストの運命を拒み、神と聖母マリアに祈りを捧げ、自らの意志で「善」を選び取っている。ラファエルは犯した罪を心から悔い、罪を浄化して天国へと至るので、自由意志の行使という点において、ファウスト博士とは対照的であるとさえ言えるのである。(106)

『あら皮』をテクスト・パラテクストに分け、分析・考察した結果、『あら皮』には「字義通り読む物語」と「内的ヴィジョンで読む物語」が存在し、作家は前者に「地獄の物語」を、後者に「煉獄の物語」を描いていた。

誤謬が指摘されていた「エピグラフ」の引用箇所を検証した結果、バルザックが記した引用個所は間違っていなかったことが明らかとなった。「モラリテ」の分析からは、ラブレーへのオマージュとバルザックの自由への切望が読み取れた。「エピローグ」は、『神曲』の「煉獄篇」と「天国篇」に倣って描かれており、類推によって、ポーリーヌは天使から熾天使へと変容し、ラファエルはポーリーヌに導かれ天国に旅立つことが示唆されていると解釈した。テクストには主人公が犯した「七罪」と「七罪の浄化」が描かれているばかりではなく、煉獄を旅するのに不可欠な「護符」、「悔悛の秘跡（告白、痛悔、償い）」、「生者の祈り」、

「煉獄の門の鍵」、「額の罪の印（悪魔の蹴爪の跡）」、「罪の責め苦（咳の苦痛）」などが描かれており、「内的ヴィジョンで読む物語」は、まさしく「煉獄の物語」であった。

「内的ヴィジョンで読む物語」の梗概は次のようになるだろう。骨董店（霊界）で店主（神）から護符〈あら皮〉）を授けられたラファエルは、物乞いの祈り（生者の祈り）により煉獄の前域に留まることなく煉獄の門に辿り着く。「大饗宴」でラファエルは、友人たちに自殺を決意するまでの経緯を告白する（告白）。キリストの代理人であるポーリーヌ（天使）が煉獄の門の鍵を回すと、ラファエルのために煉獄の門が開き、そこから七罪を浄化するラファエルの苦行の旅が始まる。ある日、ポリケの来訪によって人のために何もできなくなっている自分に気づいたラファエルは、恩師に暴言を吐いたことを心から悔い（痛悔）、〈あら皮〉が縮むことを覚悟して恩師の願いを聞き入れる。その晩、イタリア座でメフィストフェレスをイメージさせる骨董店の主人を見かけたラファエルは、ファウストと同じ道を歩もうとしている自分の運命に気づき、突然天に加護を求めた。すると彼の前に美しい天国の光景が広がり、素晴らしい創造を理解したラファエルは神とマリアに心からの祈りを捧げ回心する。痛悔したことで彼に神の恩寵が注がれ、それまで悪に向かっていたラファエルの自由意志は、新たに彼の内に形成された内的習性によって善へと向かうようになっていく。ポーリーヌとの幸せな生活の中で、〈あら皮〉が縮むことを恐れたラファエルは皮を池に投げ捨てるが、庭師がそれを見つけ、ラファエルに届ける。煉獄での「護符」は謙抑を象徴し、肌身離さず持っていなければならないものなのである。咳の療養のために出かけた湯治場で決闘を申し込まれ、一人の若者を撃ってしまった彼は、「どんなに大きな力を持っていたとしても、その使い方までは教えてもらえない」ということに突如気づき、その後〈あら皮〉の力を行使しようとはしなかった。次の湯治場でも人々は彼から遠ざかり、彼も反感を持ったが、今度は自らの中に創出した知恵により、湯治場に留まることなく、自然の中で暮らす一家と生活をともにすることを選ぶ。彼らとの素朴な生活の中で、ついに彼は個人道徳の鉄則、真の人生とは何かを悟る。七罪全てを浄化し（償い）、オーベルニュ女の祈り（生者の祈り）によって至福の到来が早まり罪の赦しが与えられると、彼の額からは悪魔の蹴爪の跡が消え、咳（責め苦）から解放された彼の寝息は穏やかとなる。至聖所に入るために迎えに来たポーリーヌが、彼を肉体から脱出させる。そして「エピローグ」では、熾天使に変容したポーリーヌがラファエルを天国へと導く。

不思議な力を持つ〈あら皮〉は「地獄の物語」では、欲望が叶うごとに縮み、それは所有者の生命を表すが、「煉獄の物語」では、罪を浄化するための「護符」であり、天国が近づくにつれて縮んでいくのではないだろうか。

バルザックは「エピローグ」に神秘的で美しい世界を描くことによって、『あら皮』の中に「煉獄の物語」があることを示唆している。つまり、「煉獄の物語」は「エピローグ」に至ることで、すかし絵のようにその姿を現すのだろう。

作家は『あら皮』に、隣人愛や信仰心を失くした上流社会の人々が、富や権力への欲望を募らせ利己的になり、ラファエルのような才能のある若者を、冷酷に社会から排除しようとするさまを描いている。また、愛国心から自分の意見を述べたポリケのような人物が、教壇から追放され職を失ってしまう現実を露わにする。十九世紀前半の懐疑に蝕まれた社会は、自己の権利と利益のみを追求し暴走するが、それは国を破壊へと向かわせる暴走であると作家は警鐘を鳴らす。ラファエルの屋根裏部屋とフェドラの豪華な邸宅、ラファエルの貧しさとフェドラの煌びやかな生活の対照は、フランス革命、七月革命を経たフランス社会において、依然として不平等が解消されず格差が広がっていたことを読み手に伝える。

『トリストラム・シャンディー』の自由を語る場面から引用したデッサンが描かれた『あら皮』の「エピグラフ」は、「自由」とは何かを読み手に問いかけ、思索を促しているように思う。自由とは利己的になることではなく、良知を備えた一人一人が形成した社会のなかで、「隷属のくびき」に縛られずにのびのびと生きること、すなわち「テレームの僧院」のような生活こそがバルザックの理想とする自由だったのではないだろうか。作家は「冷たい現実社会」を写実する一方で、神から注がれる恩寵とポーリーヌの愛と祈りによって信仰心を取りもどし、七罪を浄化して天国へと旅立つ主人公の姿を、幻想の物語の中に美しく描き上げている。『あら皮』の「現実と幻想とは何か」の答えがここにあるのではないだろうか。

フィラレート・シャールの「序文」には、「驚異《メルヴェイユ》」が混在しているこれらの物語は、一見空想によって書かれたものに見えるが、自由と気まぐれなフィクションにかくも反する時代において、大衆的な成功を収めた。しかし、それらは理性の書としてではなく、輝かしい発明の書として受け入れられたのである。我々は、そこから大衆に気づかれることなく哲学的意味や道徳的意義を発展させることを楽しんだ。それは今日の成功をもたらすものではないが、未来において伝播し継承されていくものなのである」と記されている。一八三三年版には『あら皮』の他に十二篇のコントが含まれているので、「これらの物語」が『あら皮』を指しているとは言えないが、「理性の書」として書かれ、「輝かしい発明の書」として『あら皮』以上に大衆的な成功を収めた作品が、はたしてこのコント集の中に存在しているだろうか。『あら皮』には二つの物語が描かれていることから、「これらの物語」とは、『あら皮』を指しているとも考えられるのである。この序文には、すでに述べたように、「著者が細心綿密に書き、犠牲にしてしまった序文〔作者の序文〕には、ここで再現しなければならないと考える、普遍的・かつ哲学的考察が含まれていた」と述べられていた。「自らが仕掛けた文学的企てを皆さんの評価に任せたこの本の著者は、新たな非難が寄せられることを十分に覚悟している」と記した初版（一八三一年八月）の、作家の手になる序文は一カ月で消失し、第二版（一八三一年九月）からフィラレート・シャールの序文とコント集が添えられることになるのだが、これは『最後のふくろう党』を守ることができなかった著者が『あら皮』を守るために考え出した苦肉の策だったのではないだろうか。フィラレート・シャールの序文が意味するものは、おそらく、理性の書として書いた『あら皮』が、徐々に減少していく不思議な皮の物語として大衆的な成功を収めたということであろう。バルザックは『人間喜劇』の「総序」で、「『あら皮』は「風俗研究」と「哲学的研究」をほとんど東洋的で幻想的な環でつなぐ〔……〕」と述べている。一冊の書物に紡がれた二つの物語には、どちらの要素も混在しているように見えるが、あえて『人間喜劇』の分類法に従うならば、現実社会の人々の生活状況や政治・社会の局面を写実的に描き、十九世紀前半のフランス社会をありのままに再現した「字義通り読む物語」は「風俗研究」に、理性で欲望と闘いながら七罪を浄化し、個人道徳の鉄則と真の人生とは何かを悟る、神秘的・哲学的原理を追求した「内的ヴィジョンで読む物語」は「哲学的研究」に分類されるだろう。そして、おそらくそれが

『あら皮』の「風俗研究と哲学的研究とは何か」の答えになるのだろう。『あら皮』は初版の段階から「哲学的小説」と副題が付されていたことから、作家が読み手に伝え、思索を促したかったのは、むしろ哲学的意義を展開した「内的ヴィジョンで読む物語」の方だったのではないだろうか。

『あら皮』はすべてのパラテクスト、テクストが揃って初めて作品の輝きを放つのであって、作家の意に反して「エピグラフ」のデッサンを書き換え、「モラリテ」や作家の「序文」を削除してしまっては、寓意に満ちた『あら皮』から作家が読み手に伝えようとしたメッセージや「教訓」を引き出すことは不可能に近いと考える。「テクストが作品となる前に、作者や編集者の意図と責任の下に付随する言語、もしくは非言語的な生産物」とジェラール・ジュネットによって定義づけられたパラテクストは、『あら皮』において「敷居」としての役目をフル稼働させ、読み手を作家の真意へと導く。バルザックは『あら皮』の複合的構想を例示し、後世で繰り広げられる「テクスト・パラテクスト論争」に過去から一つの答えを提示してくれるのである。

以上のことから、『あら皮』には「字義通り読む物語」と「内的ヴィジョンで読む物語」が存在し、「字義通り読む物語」、「内的ヴィジョンで読む物語」、「エピローグ」で地獄、煉獄、天国の流れを形成し、「幻想に隠された壮大な構想」とは、作品の中に「内的ヴィジョンで読む物語（煉獄の物語）」が隠されていることを示唆する言葉であるとの結論に至った。

注

序論

（1） Pierre Citron, « Introduction par Philarète Chasles aux *Romans et Contes philosophiques* », *CH*, t. X, p. 1185.

（2） *La Peau de chagrin*, « Introduction par Philarète Chasles », *CH*, t. X, p. 1192.

（3） *La Peau de chagrin*, *CH*, t. X, p. 1235.

（4） Michael Screech, « The First Edition of Pantagruel » in *Études Rabelaisiennes*, XV, Droz, 1980, pp. 31-42. フランソワ・ラブレー『ガルガンチュアとパンタグリュエル　2――パンタグリュエル』、宮下志朗訳、筑摩書房、二〇〇六年、四七二頁参照（以下、表題を『パンタグリュエル』と略記し、ページ数のみ付す）。

（5） *La Peau de chagrin*, « Moralité », *CH*, t. X, p. 1351.

（6） P. Barbéris, *Balzac et le mal du siècle*, t. II, Gallimard, p. 1474, note. Cf. Takayasu Oya, « Que penser de la Conclusion de *La Peau de chagrin* ? », in *Bulletin of Tokyo Gakugei University, sect. II Humanities*, vol. 43, February 1992, pp. 301-308.

（7） *La Peau de chagrin*, *CH*, t. X, p. 1349, note.

（8） René Guise, « Balzac et Dante », in *AB*, Garnier Frères,1963, pp. 297-319.

(9) *Corr.*, t. I, p. 567.

(10) *La Peau de chagrin*, « Introduction par Philarète Chasles », *CH*, t. X, p. 1189.

(11) *Ibid.*, p. 1189.

(12) 響庭孝男『新版　フランス文学史』、白水社、二〇〇三年、一九四―一九七頁。

(13) *La Peau de chagrin*, *CH*, t. X, p. 1226.

(14) *Ibid.*, p. 1227.

(15) *Ibid.*, p. 1226.

(16) *Ibid.*, pp. 1226-1229.

(17) E・R・クルティウス『バルザック論』、大矢タカヤス監修、小竹澄栄訳、みすず書房、一九九〇年、一八〇頁。「歴史的・社会的背景」とバルザック作品への評価は、主にこの書を参照し、『バルザック論』からの引用は、邦訳をお借りした。以下、表題とページ数のみ記す。

(18) Pierre Barbéris, *Balzac : une mythologie réaliste*, collection « thèmes et textes », Larousse, 1971, p. 237. ピエール・バルベリス『バルザック　レアリスムの構造』、河合亨、渡辺隆司訳、新日本出版社、一九八七年、三二二頁。

(19) *La Peau de chagrin*, « Préface de la première édition 1831 », *CH*, t. X, p. 50.

(20) *Ibid.*, p. 55.

(21) 『バルザック論』、三〇八頁。

(22) *Corr.*, t. I, pp. 406-407.

(23) 『バルザック論』、三〇八頁。*Corr.*, t. I, pp. 424-425.

(24) 同書、三〇九頁。

(25) 同書、三〇九頁。

(26) 同書、三〇九頁。

(27) 同書、三一〇頁。

(28) 同書、三一〇頁。
(29) *LH*, t. 1, p. 510.
(30) 『バルザック論』、三一〇―三一一頁。
(31) *Avant-Propos de La Comédie humaine*, *CH*, t. I, p. 19.
(32) 『バルザック論』、三一三頁。
(33) 同書、三一三頁。
(34) 同書、二四五頁。
(35) 同書、二四五頁。
(36) 同書、三一四頁。
(37) 同書、三一四頁。
(38) Victor Hugo, *Œuvre oratoires de Victor Hugo*, *Actes et Paroles*, t. 1, Bruxelles, J. B. Tarride, 1853, pp. 296-298.『バルザック論』、三一五頁参照。
(39) 『バルザック論』、三一五頁。
(40) *Avant-Propos de La Comédie humaine*, *CH*, t. I, p. 19.
(41) Linda Rudich, « Une interprétation de *La Peau de chagrin* », in *AB*, 1971, pp. 205-233.
(42) 加藤尚宏『バルザック　生命と愛の葛藤』、せりか書房、二〇〇五年、一一六―一一七頁。
(43) 同書、一一七頁。
(44) 同書、一一八頁。
(45) 同書、一一八頁。
(46) 同書、一一九―一二〇頁。
(47) 同書、一二三―一二四頁参照。E・R・クルティウス『ヨーロッパ文学評論集』、川村二郎、小竹澄栄、高木研一、松浦憲作、圓子修平（共訳）、みすず書房、一九九一年。一五七―一七四頁。

(48) 同書、一二七—一二八頁。
(49) 同書、一二八—一三一頁。
(50) 同書、一三一—一三三頁。
(51) 同書、一三六頁。
(52) 加倉井仁「〈敷居〉のモデルニテ——『あら皮』におけるクロノトポスをめぐって」、『Études françaises』一四巻、早稲田大学文学部フランス文学研究室、二〇〇七年、九〇—一〇一頁。
(53) Tzvetan Todorov, *Introduction à la littérature fantastique*, Paris, Seuil, 1970, pp. 72-73.
(54) Maurice Bardèche, « Autour des Études philosophiques », in *AB*, 1960, pp. 109-111.
(55) 芳川泰久『バルザック×テクスト論——〈あら皮〉から読む『人間喜劇』』、せりか書房、二〇一二年、四三—四四頁。
(56) 東辰之介『バルザック——「脳」と「知能」の小説家』、水声社、二〇〇九年、八五頁。
(57) 鎌田隆行「バルザックにおけるテクスト内テクスト——『あら皮』と『幻滅』第二部を中心に」、柏木隆雄教授退職記念論文集刊行会編『テクストの生理学』、朝日出版社、二〇〇八年、五五—六六頁。
(58) Marcel Bouteron, « L'inscription orientale de *La Peau de chagrin* », in *Études Balzaciennes*, Jouve, 1954, pp. 171-180.
(59) *Ibid.*, p. 173.
(60) 加藤尚宏『バルザック　生命と愛の葛藤』、前掲書、一三五頁。
(61) Anne-Marie Baron, « Comédie Humaine ou Bible de L'Humanité ? », in *Formes bibliques du roman au XIXe siècle*, Études réunis par Fabienne Bercegol et Béatrice Laville, Paris, Classiques Garnier, 2011, pp, 103-114.
(62) *Ibid.*, p. 114.
(63) Graham Falconer, « Le travail de style dans les révisions de *La Peau de chagrin* », in *AB*, 1969, pp. 71-106.
(64) *Ibid.*, pp. 71-106.
(65) *Ibid.*, p. 105.

第一部　ラブレーから読み解くパラテクスト、そして〈あら皮〉に刻まれた文言
第一章　「エピグラフ」の問題点

（1）　Gérard Genette, *Seuils,* Seuil, 1987, p. 134.「エピグラフの定義」は拙訳である。
（2）　*Ibid.*, p. 137. ジェラール・ジュネット『スイユ』、和泉涼一訳、水声社、二〇〇一年、一七三頁。
（3）　*Ibid.*, pp. 145 -148.『スイユ』、前掲書、一八三―一八六頁。
（4）　L. Frappier-Mazur, « Parodie, imitation et circularité : les épigraphes dans les romans de Balzac », in *Le Roman de Balzac*, Montréal, Didier, 1980, pp. 169-180.
（5）　*La Peau de chagrin, CH,* t. X, p. 57, p. 1235.
（6）　Cf. *Seuils*, p. 138.『スイユ』、前掲書、一七四頁。
（7）　*Ibid.*, p. 140.『スイユ』、前掲書、一七六頁。
（8）　*La Peau de chagrin, CH,* t. X, p. 57.
（9）　*Ibid.*, p. 1235. クラシック・ガルニエ版では、三二二章を三一二章と訂正しているが、冒頭か否かについては言及していない。Balzac, *La Peau de chagrin*, Librairie Garnier Frères, Classiques Garnier, 1954, p. 304.
（10）　Laurence Sterne, *The life and opinions of Tristram Shandy gentleman*, London, R. and J. Dodsley, 1760-1769, 9 vol.（デッサンは t. 9, p. 17.）
（11）　Laurence Sterne, *La vie et les opinions de Tristram Shandy,* traduites de l'anglois de Sterne. par M. Frénais, [s. n.] Londres, 1784-1785, 4 vol. *Œuvres complètes de Laurent Sterne*, Paris, Jean-François Bastien, 1803, 6 vol.
（12）　Laurence Sterne, *La vie et les opinions de Tristram Shandy, op. cit.*, t. 4, 1784, p. 272. *Œuvres complètes de Laurent Sterne*, *op. cit.,* t. 4, 1803, p. 189.
（13）　*Œuvres complètes de Laurent Sterne*, Paris, Ledoux et Tenré,1818, 6 vol.

(14)　*Ibid.*, t. 3, p. 255.

(15)　*Ibid.*, t. 3, p. 227. Laurence Sterne, *La vie et les opinions de Tristram Shandy, op. cit.*, t. 4, 1784, p. 230. *Œuvres complètes de Laurent Sterne*, *op. cit.*, t. 4, 1803, p. 159.

(16)　Laurence Sterne, *Tristram Shandy et le voyage sentimental,* Paris, Garnier Frères, 1877, 2 vol.（デッサンはt. 2, p. 216.）

(17)　*Ibid.*, t. 2, p. 195.

(18)　*La Peau de chagrin, CH,* t. X, p. 1235.

(19)　*Œuvres complètes de Laurent Sterne*, *op. cit.*, t. 4, 1803, p. 189.

(20)　ローレンス・スターン『トリストラム・シャンディーの生涯と意見』、朱牟田夏雄訳、筑摩書房、一九六八年、六九九頁。

(21)　M. Spoelberch de Lovenjoul, « Les Études philosophiques » de Honoré de Balzac » in *Revue d'Histoire littéraire de la France / Sociéte d'histoire littéraire de la France*, New York, Johnson Reprint, janvier-mars 1907, pp. 408-409.

(22)　*Œuvres complètes de H. de Balzac, La comédie humaine Études philosophiques,* Paris, Michel Lévy Frères, 1870, p. 1. H. de Balzac, *La Peau de chagrin Introduction notes et relevé de variantes par Maurice Allem*, Paris, Garnier, 1964, p. 1.

(23)　André-Marie Gérard, *Dictionnaire de la Bible*, Robert Laffont, 1989, p. 1273.

(24)　フランソワ・ラブレー『ガルガンチュアとパンタグリュエル　1――ガルガンチュア』、宮下志朗訳、筑摩書房、二〇〇五年、四二九―四三〇頁参照（以下、表題を『ガルガンチュア』と略記し、ページ数のみ付す）。『ガルガンチュア』と『パンタグリュエル』の訳文作成にあたっては宮下志朗氏の訳文を参照した。当時リヨンでは『ガルガンチュア大年代記』という民衆本が好評を博していたが、その版元のクロード・ヌーリーがラブレーに依頼し完成したのが、『大巨人ガルガンチュアの息子にして喉カラカラ国王、その名も高きパンタグリュエルのものすごく恐ろしい武勇伝』であり、現在『パンタグリュエル』と呼ばれている作品である。

(25)　同書、四三四―四四三頁参照。この作品は『第一之書ガルガンチュア』（一五三四）、『第二之書パンタグリュエル』（一五三二）、『第三之書パンタグリュエル』（一五四六）、『第四之書パンタグリュエル』（一五五二）、『第五之書パンタグリユエル』（遺作一五六四）の全五巻から成るが、『第五之書パンタグリュエル』は全部がラブレーの手になるものかどうか不明である。

(26) 渡辺一夫『渡辺一夫著作集Ⅰ　ラブレー雑考』上巻、筑摩書房、一九七六年、一三頁。

(27) Michael Screech, « The First Edition of Pantagruel », *op. cit.*, pp. 31-42. 以下も参照した。宮下志朗『ラブレー周遊記』、東京大学出版会、一九九七年、五二—五八頁。

(28) 『ラブレー周遊記』、前掲書、五四頁参照。

(29) 『パンタグリュエル』、四七二頁。

(30) *Préface* de « Livre mystique », *CH*, t. XI, p. 508.『神秘の書』（私市保彦、加藤尚宏、芳川泰久、大須賀沙織訳）の序文、水声社、二〇一三年、一八—一九頁。『神秘の書』の「序文」の訳文作成にあたっては大須賀沙織氏の訳文を参照した。以下、表題とページ数のみ記す。

(31) Pierre Barbéris, *Balzac : une mythologie réaliste*, *op. cit.*, p. 283.『バルザック　レアリスムの構造』、前掲書、三八五頁。

(32) 渡辺一夫『ラブレー雑考』、前掲書、一二六頁。

(33) 同書、一二八頁。

(34) 同書、一二九頁。

第二章　「モラリテ」の分析と考察

(1) *La Peau de chagrin*, *CH*, t. X, p. 1351.（番号は筆者が便宜上つけたものである）

(2) *Ibid.*, p. 43.

(3) *Trésor de la langue Française : dictionnaire de la langue de XIXe et du XXe siècle* (1789-1960), Centre national de la recherche scientifique. Institut nationale de la langue Française, Nancy, t. XII, Gallimard, 1986, p. 1235.

(4) *Trésor de la langue Française : dictionnaire de la langue de XIXe et du XXe siècle* (1789-1960), Centre national de la recherche scientifique. Institut nationale de la langue Française, Nancy, t. V, Gallimard, 1977, p. 447.

（5）　*La Peau de chagrin*, *CH*, t. X, p. 1250.

（6）　*Le Grand Robert de la langue française, Dictionnaire Alphabétique et Analogique de la langue française* de Paul Robert, 2e éd., entièrement revue et enrichie par Alain Rey, t. VII, 1985, p. 202.

（7）　泉利明「一九世紀フランスの隠語研究」、『千葉大学国際教養学研究』四巻、二〇二〇年、一―一五頁。

（8）　『地獄篇』、四九二頁。

（9）　『ガルガンチュア』、四三一頁。

（10）　ノディエは隠語の唯一の目的を「取り決めによって作られた隠喩で、仲間内だけで伝えたい考えを覆い隠すこと」としている。Charles Nodier, *Description raisonnée d'une jolie collection de livres*, J. Techener, 1844, p. 87.

（11）　*Splendeurs et misères des courtisanes*, *CH*, t. VI, pp. 828-829. 泉利明「一九世紀フランスの隠語研究」、前掲論文、一―一五頁参照。

（12）　*Ibid.*, p. 829.

（13）　*Les Chouans*, « *Préface de l'édition Furne* », *CH*, *t.* VIII, p. 903.

（14）　*Les Proscrits*, *CH*, t. XI, 1980, p. 505.

（15）　渡辺一夫『ラブレー雑考』、前掲書、一八四頁。

（16）　Lazare Sainéan, *La langue de Rabelais*, Slatkine Reprints, 1976, p. 416.

（17）　*Trésor de la langue française : dictionnaire de la langue de XIXe et du XXe siècle*（1789-1960）, Centre national de la recherche scientifique. Institut nationale de la langue Française, Nancy, t. XV, Gallimard, 1992, p. 400.

（18）　*Corr.*, t. I, p. 396.

（19）　高橋和夫『スウェーデンボルグの「天界と地獄」――神秘思想家の霊的世界を解き明かす』、ＰＨＰ研究所、二〇〇八年、二一三頁。

（20）　同書、二一二―二一三頁。

（21）　同書、二一三―二一五頁。

(22) 同書、二二四―二二五頁。
(23) 『天国篇』第五歌二八―三〇行、六三―六四頁。
(24) 『煉獄篇』第二九歌二二―二七行、三六六―三六七頁。
(25) 同書、三六七頁の注(9)参照。
(26) 同書、三六八頁の注(10)参照。
(27) *Le Paradis*, t. 1, p. 59.『天国篇』第五歌一八―四五行、六三―六四頁、注(7)(9)(11)参照。*PL*, pp. 137-139, p. 148.『ガルガンチュア』三七五―三七六頁、四〇一頁。
(28) *PL*, p. 1161, note.『ガルガンチュア』、四〇一頁。
(29) *Ibid*., p. 149, p. 1167. 同書、四〇一頁。
(30) *Ibid*., pp. 141-145. 同書、三八二―三九一頁。
(31) *Ibid*., pp. 148-149. 原文 honneur の宮下訳は「品性」(仮の訳語)、渡辺訳は「良知」である。『ガルガンチュア』四〇三頁の注(2)参照。
(32) *Ibid*., p. 149, note.(B)を参照。
(33) *Ibid*., p. 149.『ガルガンチュア』四〇二頁。
(34) *Ibid*., p. 1168, note.
(35) マイケル・A・スクリーチ『ラブレー――笑いと叡智のルネサンス』、平野隆文訳、白水社、二〇〇九年、三八二―三八三頁。
(36) *PL*, p. 146.『ガルガンチュア』三九六頁。
(37) *Ibid*., p. 1166.
(38) *Ibid*., p. 245.『パンタグリュエル』一一六頁。
(39) *Ibid*., p. 149.『ガルガンチュア』四〇二頁。
(40) マイケル・A・スクリーチ『ラブレー――笑いと叡智のルネサンス』、前掲書、三八三頁。

（41）同書、三八三頁。

（42）同書、三八三頁。

（43）同書、三八三頁。

（44）「ガラテヤ人への手紙」四章三一節。『新共同訳　聖書』、日本聖書協会、一九八七年、（新）三四八―三四九頁。

（45）「ガラテヤ人への手紙」五章一節。『新共同訳　聖書』、前掲書、（新）三四九頁。

（46）『バルザック論』一八二頁。

（47）*La Peau de chagrin*, *CH*, t. X, pp. 98-99.『あら皮』、七三頁。

（48）*PL*, p.149.

（49）Pierre Barbéris, *Balzac : une mythologie réaliste*, *op. cit.*, pp. 201-202.『バルザック　レアリスムの構造』、前掲書、二七〇頁。

第三章　〈あら皮〉に刻まれた文言

（1）*La Peau de chagrin*, *CH*, t. X, p. 82.『あら皮』、四七頁。

（2）*Ibid.*, p. 84.

（3）〈あら皮〉に刻まれた文言の変容（本書三六頁も参照されたい）に関しては以下の論考を参考にした。鎌田隆行「バルザックにおけるテクスト内テクスト――『あら皮』と『幻滅』第二部を中心に」、前掲論文、五五―六六頁。

（4）*La Peau de chagrin*, *CH*, t. X, p. 1251.

（5）ジョセフ・ロビンソン『ケンブリッジ旧約聖書注解　列王記⑨』、有沢僚悦訳、新教出版社、一九八二年、三頁。

（6）同じ家に住み、同じころ出産した二人の子供のうちの一人が死んで、生き残った方が自分の子だと言い張る女たちにソロモン王は剣を持ってこさせ、子供を半分にして分け与えよと命じる。それを聞いた一人は子供を半分にすることを望み、もう一人は、子供に傷をつけずに相手の女に渡してほしいと頼んだ。王は後者が母親であると判断した（「列王記」三章一六―二八節）。以下も参照した。ジョセフ・ロビンソン『ケンブリッジ旧約聖書注解　列王記⑨』、前掲書、五二―五三頁。

（7） Pierre Larousse, *Grand Dictionnaire universel du XIXe siècle*, Paris, t. XIV, 1875, p. 132.

（8） オーウェン・デイビーズ『世界で最も危険な書物――グリモワールの歴史』、宇佐和通訳、柏書房、二〇一〇年、二六―二七頁。

（9） 同書、二六―二七頁。

（10） 同書、二六―二七頁。

（11） 同書、二七頁。

（12） 同書、九一頁。

（13） 同書、一〇八頁。

（14） 同書、九二頁。

（15） 霧生和夫氏による『人間喜劇』のコンコルダンスを参照した。パリのバルザック博物館（Maison de Balzac）のホームページを利用させていただいた。Kiriu Kazuo, *Le vocabulaire du Balzac*. http://www.v2asp.paris.fr/commun/v2asp/musees/balzac/kiriu/concordance.htm（二〇一三年四月十五日参照）

（16） *La Peau de chagrin*, *CH*, t. X, p. 84.『あら皮』、五二頁。

（17） *La Peau de chagrin*, *CH*, t. X, p. 1232.

（18） Marcel Bouteron, « L'inscription orientale de *La Peau de chagrin* » *op. cit.*, p. 173.

（19） オノレ・ド・バルザック『艶笑滑稽譚』第二輯、石井晴一訳、岩波書店、二〇一二年、二九七頁。

（20） 亀井孝、河野六郎、千野栄一編『言語学大辞典』第二巻、世界言語編（中）、三省堂、一九八九年、一二一六頁。

（21） Pierre-Sylvain Filliozat, *Le sanskrit*, Presses Universitaires de France, 1992, p. 35. ピエール＝シルヴァン・フィリオザ『サンスクリット』、竹内信夫訳、白水社、二〇〇六年、四六頁。

（22） Filliozat, *Le sanskrit*, p. 36.『サンスクリット』、四六頁。

（23） Diderot, *Encyclopédie*, dictionnaire, raisonné des sciences, des arts et des métiers, par une société de gens de lettres, Paris, Briasson, 1751-1765, p. 627.

(24) 風間喜代三『言語学の誕生——比較言語学小史』、岩波新書、一九八二年、一三—一四頁。

(25) *Journal asiatique*, « Grammaire et dictionnaire de la langue sanskrit par le général Boisseroll », Dondey-Dupré père et fils et E. Leroux, Paris, la Société asiatique, 1825-01, t.VI, pp. 319-320.

(26) アラビア語版作製の経緯については、以下の書を参照した。Marcel Bouteron, « L'inscription orientale de *La Peau de chagrin* » in *Études balzaciennes*, Paris, Jouve, 1954, pp. 171-180.

(27) *Ibid.*, pp. 175-176.

(28) *Corr.*, t. I, p. 1091.

(29) *Ibid.*, p. 1093.

(30) Margaret Heyward, « Superchérie et Hallucination, la Peau de chagrin, Balzac orientaliste et mesmérien », in *Revue de Littérature comparée*, 1982, p. 442.

(31) Marcel Bouteron, « L'inscription orientale de *La Peau de chagrin* », *op.cit.*, p. 180.

(32) *La Peau de chagrin, CH*, t. X, p. 88.『あら皮』、五八頁。

(33)『言語学大辞典』、前掲書、一二六頁。

(34) Pierre Larousse, *op.cit.*, p. 188 ; Diderot, *Encyclopédie, op. cit.*, t. 2, p. 393.

(35) *La Peau de chagrin, CH*, t. X, p. 88, p. 1252.

(36) Honoré de Balzac, *Lettre à L'Étrangère*（1833-1842）, t. 1, Paris, Calmann-Lévy, 1899-1950, p. 270. バルザックの護符については、以下の論文を参考にした。Marcel Bouteron, « Bedouck ou le talisman de Balzac », in *Études balzaciennes*, Paris, Jouve, 1954, pp. 181-187.

(37) *Lettre à L'Étrangère, op. cit.*, t. 1, p. 289.

(38) Marcel Bouteron, *op.cit.*, pp. 181-187.

(39) *Journal asiatique, op.cit.*, 1830-01, t. V, p. 72.

(40) Marcel Bouteron, *op.cit.*, p. 185.

（41）　*LH*, t. 1, p.404.

第二部　ダンテの『神曲』から読み解く「エピローグ」

第一章　『神曲』と『追放された者たち』

（1）　*Préface* du « Livre mystique », *CH*, t. XI, p. 501.
（2）　第１部が「護符」に修正されるのは一八三八年版からである。Cf. *La Peau de chagrin*, *CH*, t. X, p.1232.
（3）　*Ibid.*, p. 1226.
（4）　*Ibid.*, pp. 1223-1224. *Corr.*, t. 1, p. 526.
（5）　*Les Proscrits*, *CH*, t. XI, p. 1451.
（6）　*Ibid.*, p. 1454.
（7）　Arthur Symons, *The Symbolist movement in literature*, USA, E. P. Dutton company, 1919, p. 10.
（8）　René Guise, « Balzac et Dante », *op. cit.*, pp. 297-319.
（9）　Anne-Marie Baron, *Balzac et la Bible*, Honoré Champion, 2007, p. 265.
（10）　Balzac, *Premiers Romans*（1822-1825）, t. II, éd. établie par André Lorant, Robert Laffont, Bouquins, 1999, p. 873, p. 966, note 1. Cf. Saori Osuga, *Séraphîta et la Bible*, Paris, Honoré Champion, 2012, p. 118.
（11）　『地獄篇』、四七五―四九九頁。
（12）　同書、四九二―四九五頁。以下の書も参照した。矢内原忠雄『ダンテ神曲講義Ⅰ　地獄篇』、みすず書房、一九八四年、四六頁。
（13）　『新カトリック大事典』第四巻、研究社、二〇〇九年、一四三四頁。
（14）　矢内原忠雄『ダンテ神曲講義Ⅰ　地獄篇』、前掲書、二八頁。
（15）　同書、三〇頁。

（16） *L'Enfer*, t. 1, p. 3, p. 5.『地獄篇』第一歌一―一五行、一二頁。

（17） 矢内原忠雄『ダンテ神曲講義Ⅰ　地獄篇』、前掲書、五〇頁。

（18） ダンテによると、この森は恥ずべき「悪徳の森」を象徴する。*L'Enfer*, t. 1, p. 159.

（19） *Ibid.*, p. 161.『地獄篇』第一歌三一―五一行、一三―一四頁。一三―一四頁の注（8）参照。

（20） *Préface* du « Livre mystique », *CH*, t. XI, p. 504.『神秘の書』「序文」、一三頁。

（21） *Ibid.*, p. 504.『神秘の書』「序文」、一三頁。

（22） *Le Paradis*, t. 1, p.139, pp. 228-229.『天国篇』第一〇歌一三六―一三八行、一四八頁。

（23） *Les Proscrits*, *CH*, t. XI, p. 1465.

（24） シジエは破門された後、異端審問を受ける前、教皇に直訴するためにローマに逃れたが、オルヴェートで下僕に殺されたと伝えられている（『天国篇』、一五五頁の注（63）参照）。

（25） René Guise, « Balzac et Dante », *op. cit.*, pp. 297-319.

（26） 『神秘の書』、四一八―四一九頁。

（27） *Le Purgatoire*, t. 1, p. 5, p. 170.

（28） *La Peau de chagrin*, *CH*, t. X, p. 64.『あら皮』の訳文作成にあたっては、以下の書を参照した。『バルザック全集　第三巻、あら皮』、山内義雄、鈴木武郎訳、東京創元社、一九七三年。『バルザック『人間喜劇』セレクション　第十巻　あら皮』、小倉孝誠訳・解説、藤原書店、二〇一〇年。

（29） *Préface* du « Livre mystique », *CH*, t. XI, p. 509.『神秘の書』「序文」、一九―二〇頁。

（30） 『天国篇』第一〇歌一三六―一三八行、一四八頁。一五五頁の注（68）参照。

（31） *Préface* du « Livre mystique », *CH*, t. XI, p. 505.『神秘の書』「序文」、一五頁。

（32） René Guise, « Balzac et Dante », *op. cit.*, p. 308.

（33） *Les Proscrits*, *CH*, t. XI, p. 540. 原文からの引用は拙訳であるが、原文の流れと比較しやすくするため、以下、『追放された者たち』と記し、オノレ・ド・バルザック『神秘の書』（前掲書）に収録されている『追放された者たち』（吉川泰久訳）の当該箇所のページ数を付した。『追放された者たち』、四四頁。

（34）『天国篇』第一九歌八八―九〇行、二七六頁、二七〇頁。

（35）*Les Proscrits*, *CH*, t. XI, p. 540.『追放された者たち』、四四頁。

（36）*Ibid*, p. 552.『追放された者たち』、五九頁。

（37）『煉獄篇』第一歌一六―二一行、一二頁。

（38）*Le Purgatoire*, t. 1, p. 5, p. 164.『煉獄篇』第一歌一六―二一行、一二頁。一三頁の注（10）（11）参照。

（39）*Ibid*, p. 5, p. 164.『煉獄篇』第一歌一六―二一行、一二頁。一三―一四頁の注（12）参照。

（40）『煉獄篇』第一歌九四―九六行、一八頁。

（41）*Le Purgatoire*, t. 1, p. 11, p. 174.『煉獄篇』第一歌九四―九六行、一八頁。二二頁の注（40）参照。

（42）謙抑こそが煉獄の護符となるが、これを持たなかったオデュッセウスは、煉獄山を眼前に非業の最期を遂げる。『煉獄篇』、二二頁の注（52）参照。

（43）同書、一八頁の注（26）参照。

（44）*Le Purgatoire*, t. 1, p. 25.『煉獄篇』第二歌九四―九七行、三一頁。

（45）*Les Proscrits*, *CH*, t. XI, p. 554.『追放された者たち』、六二頁。

（46）*Ibid.*, p. 554. 同書、六二頁。

（47）*Ibid.*, p. 542. 同書、四六頁。

第二章「エピローグ」の考察と『あら皮』の結末

（1）Takayasu Oya, « Que penser de la Conclusion de *La Peau de chagrin ?* », *op.cit.*, pp. 301-308.

（2）*La Peau de chagrin*, *CH*, t. X, pp. 292-293.『あら皮』、三八三―三八四頁。

（3）『煉獄篇』第二七歌一二六―一二八行、三五〇頁。

（4）同書、三五一頁の注（30）（31）参照。

（5）「エピローグ」の最後の一文を参照されたい。*La Peau de chagrin*, *CH*, t. X, p. 294.『あら皮』、三八五頁。
（6）『煉獄篇』第二九歌一二一―一三二行、三七三―三七四頁。
（7）同書、三七三頁。三七六―三七七頁の注（46）（47）（48）（50）参照。
（8）同書、三七六―三七七頁の注（45）（49）参照。
（9）同書、三七七頁の注（52）参照。
（10）アト・ド・フリース『イメージ・シンボル事典』、山下主一郎他訳、大修館書店、一九八六年、七〇―七一頁。ガルガンチュアの当色は白（blanc）と青（bleu）であり、白が喜びと楽しみを表すのと同じ象徴作用により、青は明らかに空と天上のものごとを表すと記されている。*PL*, p. 33.『ガルガンチュア』九八頁。
また、七月革命を記念してウジェーヌ・ドラクロワが制作した《民衆を導く自由》に描かれたのは、赤、白、青の三色旗であった。
（11）『煉獄篇』、三七七頁の注（51）参照。
（12）*Traité de la vie élégante*, *CH*, t. XII, 1981, pp. 123-124.
（13）*Ibid.*, pp. 123-124.
（14）『天国篇』第二八歌一五―一八行、三七九頁。三七九頁の注（5）参照。「一つの点」は神を意味する。
（15）矢内原忠雄『ダンテ神曲講義Ⅲ　天国篇』、みすず書房、一九八四年、六一四頁。
（16）『天国篇』第二八歌二五―三六行、二八〇頁、『天国篇』第二八歌。一二一―一二六行、三八七頁。
（17）『天国篇』第二八歌二五―二七行、三八〇頁。
（18）『天国篇』第二八歌四三―四五行、三八二頁。
（19）矢内原忠雄『ダンテ神曲講義Ⅲ　天国篇』、前掲書、六二三頁参照。
（20）『天国篇』第二八歌九一―九三行、三八五頁。
（21）天使たちのこと。同書、四〇五頁の注（20）参照。
（22）『天国篇』第三〇歌六一―六六行、四〇五頁。

（23）　同書、四〇五頁の注（19）参照。
（24）　火花が天使に、花が聖徒に変容したこと。同書、四〇八頁の注（21）参照。
（25）『天国篇』第三〇歌九四―九六行、四〇八頁。
（26）　*La Peau de chagrin*, *CH*, t. X, p. 293.『あら皮』、三八四頁。
（27）『煉獄篇』第二九歌一六―二一行、三六六頁。
（28）『煉獄篇』第二九歌八二―八四行、三七〇頁。三七二頁の注（24）参照。
（29）『煉獄篇』第二九歌一〇六―一〇八行、三七二頁。三七五頁の注（34）参照。
（30）「花嫁は教会と解釈するのが正統説であるが、ここではもう一つの解釈、「神の知恵」を取るべきだろう。既に教会は凱旋戦車で表象され、その戦車に降臨するのは神の知恵の象徴ベアトリーチェにほかならぬから」と寿岳文章氏は注釈している。『煉獄篇』第三〇歌一〇―一二行、三八〇頁。三八二頁の注（8）参照。
（31）　長老の一人は「雅歌」を表象する。「レバノンより来れ、わが花嫁よ、レバノンより来れ、いざ来れ、冠つけて進ぜようほどに」と、「来れ」を三度繰り返して歌う。同書、三八〇頁。三八二頁の注（8）参照。
（32）「マタイによる福音書」二八章三節、『新共同訳　聖書』、前掲書、（新）五九頁。『神秘の書』、前掲書、四一〇―四一一頁参照。
（33）　*Les Proscrits*, *CH*, t. XI, p. 552.『追放された者たち』、五九―六〇頁。
（34）『神秘の書』、四一一―四一二頁。
（35）　*La Peau de chagrin*, *CH*, t. X, pp. 290-291.『あら皮』、三八〇頁。
（36）　*Ibid.*, p. 293.『あら皮』、三八四頁。
（37）　*Les Proscrits*, *CH*, t. XI, p. 552.『追放された者たち』、五九―六〇頁。
（38）　*Ibid.*, p. 552.『追放された者たち』、六〇頁。
（39）　*La Peau de chagrin*, *CH*, t. X, pp. 293-294.『あら皮』、三八四―三八五頁。
（40）　*Ibid.*, p. 1350.

（41） *Les Proscrits*, *CH*, t. XI, p. 545.『追放された者たち』、五一頁。
（42） *LH*, t. 2, pp. 90-91.
（43）『煉獄篇』第二歌二二—三〇行、二五—二六頁。二六頁の注（11）参照。
（44）『煉獄篇』第二七歌七—九行、三三九頁。
（45）『煉獄篇』第三〇歌一六—一八行、三八〇頁。『煉獄篇』第三〇歌二八—三三行、三八二頁。
（46） *La Peau de chagrin*, *CH*, t. X, p. 294.『あら皮』、三八五頁。
（47）『天国篇』第三二歌八八—九〇行、四三〇頁。四二九頁の注（34）参照。
（48） *Les Proscrits*, *CH*, t. XI, p. 552.『追放された者たち』、五九頁。
（49） 大高順雄『アントワヌ＝ド・ラ・サル研究』、風間書房、一九七〇年、九頁。
（50） 同書、五一三—五一六頁。
（51） *La Peau de chagrin*, *CH*, t. X, p. 1189.

第三章 「エピローグ」の挿絵

（1） *La Peau de chagrin*, *CH*, t. X, p. 1228.
（2） *LH*, t. 1, p. 575.
（3） *Le Purgatoire*, t. 3, p. 107, p. 222.『煉獄篇』第三〇歌二八—三三行、三八二頁。三八四頁の注（14）参照。
（4）『神曲』において、ベアトリーチェは「神の知恵」を象徴している。『煉獄篇』、三八二頁の注（8）参照。
（5） *Les Proscrits*, *CH*, t. XI, p. 544.『追放された者たち』、四九頁。

第三部　テクストの複合的構想

第一章　骨董店とその店主

（1）*La Peau de chagrin*, *CH*, t. X, p. 86.『あら皮』、五六頁。
（2）*Ibid.*, p. 1189.
（3）*Le Grand Robert de la langue française par Alain REY*, t. II, 1985, p. 407.
（4）*La Peau de chagrin*, *CH*, t. X, p.1187.
（5）*Ibid.*, p. 65.『あら皮』、二三—二四頁。
（6）『地獄篇』第三歌八二—八七行、四二—四四頁。
（7）『地獄篇』第三歌八八—九〇行、四四頁。
（8）『地獄篇』第三歌一〇六—一〇八行、四五頁。
（9）*La Peau de chagrin*, *CH*, t. X, p. 73.『あら皮』、三五頁。
（10）高橋和夫『スウェーデンボルグの「天界と地獄」』、前掲書、一八〇—一八一頁。
（11）同書、一八〇頁。
（12）*La Peau de chagrin*, *CH*, t. X, p. 68.『あら皮』、二七頁。
（13）*Ibid.*, p. 76.『あら皮』、三九—四〇頁。
（14）Pierre Glaudes, *Pierre Glaudes commente* La Peau de chagrin *d'Honoré de Balzac*, folio, Gallimard, 2003, p. 194.
（15）*L'Enfer*, t. 1, p. 159.
（16）*Le Purgatoire*, t. 3, p. 218.
（17）*La Peau de chagrin*, *CH*, t. X, p. 76.『あら皮』、四〇頁。
（18）『地獄篇』第三四歌四九—五四行、四〇六頁。

(19) *La Peau de chagrin*, *CH*, t. X, pp.76-77.『あら皮』、四〇頁。

(20)『地獄篇』第三四歌七〇—七五行、四〇八頁。

(21) Cf. *La Peau de chagrin*, *CH*, t. X, p. 1196, note 1.

(22) *Ibid.*, p. 77.『あら皮』、四〇頁。

(23)『天国篇』第二八歌一六—一八行、三七九頁。

(24) *La Peau de chagrin*, *CH*, t. X, p. 78.『あら皮』、四一—四二頁。

(25) 高橋和夫『スウェーデンボルグの「天界と地獄」』、前掲書、一三〇頁。

(26)『天国篇』第四歌四三—四八行、五〇頁。

(27) 同書、五四頁の注(25)参照。

(28) *La Peau de chagrin*, *CH*, t. X, p. 79.『あら皮』、四四頁。

(29) *Ibid.*, p. 82.『あら皮』、四七頁。

(30) *Ibid.*, p. 85.『あら皮』、五四—五五頁。

(31) *Ibid.*, p. 86.『あら皮』、五五頁。

(32) *Ibid.*, p. 86.『あら皮』、五五頁。

(33) *Ibid.*, p. 87.『あら皮』、五七頁。

(34) *Ibid.*, p. 88.『あら皮』、五八—五九頁。

(35) 矢内原忠雄『ダンテ神曲講義Ⅲ　天国篇』、前掲書、六〇七—六〇九頁。

(36) *Le Paradis*, t. 3, p. 69.

(37)『天国篇』第二七歌一二一—一二六行、三七四頁。

(38) *La Peau de chagrin*, *CH*, t. X, p. 259.『あら皮』、三三五頁。

第二章　『あら皮』に描かれた七罪

（1）『煉獄篇』、二三頁参照。
（2）*La Peau de chagrin*, *CH*, t. X, pp. 87-88.『あら皮』、五七―五八頁。
（3）*Ibid.*, p. 88.『あら皮』、五八頁。
（4）『煉獄篇』、一五〇―一五四頁。
（5）*La Peau de chagrin*, *CH*, t. X, p. 97.『あら皮』、七一頁。
（6）*Ibid.*, p. 107.『あら皮』、八七頁。
（7）『地獄篇』第六歌一三―一五行、七四頁。七四頁の注（3）参照。
（8）*La Peau de chagrin*, *CH*, t. X, p. 152.『あら皮』、一五七頁。
（9）*Ibid.*, p. 152.『あら皮』、一五七頁。
（10）*Ibid.*, p. 152.『あら皮』、一五七頁。
（11）Jacques Le Goff, *La naissance du purgatoire*, Gallimard, 1981, p. 459. ジャック・ル・ゴッフ『煉獄の誕生』、渡辺香根夫、内田洋訳、法政大学出版局、一九八八年、五一四頁。« envie » の渡辺氏・内田氏の訳は「羨望」である。以下、表題とページ数のみ記す。
（12）*La Peau de chagrin*, *CH*, t. X, p. 168.『あら皮』、一八二頁。
（13）*Ibid.*, p. 169.『あら皮』、一八四頁。
（14）鹿島茂『馬車が買いたい!』、白水社、一九九〇年、一九一頁。
（15）*La Peau de chagrin*, *CH*, t. X, p. 160.『あら皮』、一七〇頁。
（16）*Ibid.*, p. 160.『あら皮』、一七〇頁。
（17）*Ibid.*, p. 179.『あら皮』、二〇〇頁。
（18）『新共同訳　聖書』、前掲書、（新）七頁。

（19）*La Peau de chagrin*, *CH*, t. X, p.195.『あら皮』、二二六頁。
（20）『地獄篇』第七歌二八―三〇行、八五頁。
（21）*La Peau de chagrin*, *CH*, t. X, p.195.『あら皮』、二二八頁。
（22）*Ibid*., p. 202.『あら皮』、二三八頁。
（23）『煉獄篇』第九歌一一二―一一四頁、一一八頁。
（24）同書、一二一頁の注（38）参照。
（25）*La Peau de chagrin*, *CH*, t. X, p. 49.
（26）*Ibid*., p. 202.『あら皮』、二三九頁。
（27）*Ibid*., p. 208.『あら皮』、二四六頁。
（28）*Ibid*., p. 265.『あら皮』、三四三頁。
（29）*Ibid*., p. 266.『あら皮』、三四四頁。
（30）「マタイによる福音書」五章一―一二節、「ルカによる福音書」六章二〇―二六節参照。『新共同訳　聖書』、前掲書、（新）六頁、一一二―一一三頁。
（31）*La Peau de chagrin*, *CH*, t. X, p. 267.『あら皮』、三四五―三四六頁。
（32）*Ibid*., p. 272.『あら皮』、三五三―三五四頁。
（33）*La naissance du Purgatoire*, p. 459.『煉獄の誕生』、五一四頁。
（34）『地獄篇』第七歌一〇九―一一四行、九二頁。

第三章　煉獄の物語

（1）*La naissance du Purgatoire*, pp. 100-101.『煉獄の誕生』、一〇六頁。
（2）*Ibid*., p.101. 同書、一〇六頁。
（3）*Ibid*., p.101. 同書、一〇七頁。

（4） *Ibid*., p.101. 同書、一〇七頁。
（5） *Ibid*., p.101. 同書、一〇七頁。
（6）『神学大全』、稲垣良典訳、創文社、二〇〇七年（全四五巻）、四五巻、二二三頁参照。
（7） *La naissance du Purgatoire*, p. 359.『煉獄の誕生』、四〇一頁。
（8） *Ibid*., p. 363. 同書、四〇六頁。
（9） *Ibid*., p. 366. 同書、四〇八頁。
（10）『新カトリック大事典』第四巻、前掲書、一四三四頁。
（11）『煉獄篇』、一三三頁。
（12） *La naissance du Purgatoire*, p. 461.『煉獄の誕生』、五一七頁。
（13） *Ibid*., p. 472. 同書、五三六頁。
（14） *Ibid*., p. 472. 同書、五三六頁。
（15）中世の伝説によると、ルチーアは求婚者に美しい目を褒めたたえられ、目をえぐりとったところ、前よりも美しい目が入って、眼疾者の守護聖人となったという。『煉獄篇』、一一八頁の注（24）参照。
（16）『煉獄篇』第一〇歌一六―一八行、一二四頁。一二五―一二六頁の注（5）参照。「マタイによる福音書」七章一三―一四節、『新共同訳　聖書』、前掲書、（新）一二頁。「狭い門から入りなさい。滅びに通じる門は広く、その道も広々としてそこから入るものが多い、その道は広い。しかし命に通じる門はなんと狭く、その道も細いことか。それを見出す者は少ない。」
（17）『煉獄篇』第九歌九一―九三行、一一六頁。
（18）『神学大全』第三部第八六問題第二項、前掲書、四五巻、七三頁。
（19）同書、七二―七四頁。
（20）『神学大全』第三部第九〇問題第三項、前掲書、四五巻、一五一―一五三頁。
（21）『カトリック大辞典Ⅲ』、上智大学編纂、冨山房、一九七〇年、五二六頁。

(22)『煉獄篇』第九歌一〇〇―一〇二行、一一六頁。一二〇―一二一頁の注（32）（33）（34）参照。

(23)『煉獄篇』第九歌一〇六―一〇八行、一一八頁。ダンテの腰には謙抑の象徴である藺草が巻かれている。同書、一二一頁の注（36）参照。

(24)『煉獄篇』第九歌一〇九―一一一行、一一八頁。一二一頁の注（37）参照。

(25) 鍵を預かる守護の天使はペテロ、すなわちキリストの代理者である。『煉獄篇』第九歌一二一―一二三行、一一九頁。一二二頁の注（41）参照。

(26) 同書、一二一―一二二頁の注（40）参照。

(27) *La Peau de chagrin, CH*, t. X, p. 163.『あら皮』、一七五頁。

(28)「マタイによる福音書」一六章一八―一九節、『新共同訳　聖書』、前掲書、（新）三二頁。

(29)『煉獄篇』、一二二頁の注（41）参照。

(30) *La Peau de chagrin, CH*, t. X, pp. 213-214.『あら皮』、二五七―二五八頁。

(31) フィレンツェの名門ドナティー家の出身で黒派に属していた彼は、ダンテとソネットのやり取りをしていたが、その中でダンテは彼の貪食癖について触れている。『煉獄篇』、二九六―二九七頁の注（11）参照。

(32)『煉獄篇』第二四歌一一五―一一七行、三一一頁。

(33)『煉獄篇』第二四歌一四八―一五〇行、三一三頁。三一六頁の注（47）参照。

(34) 同書、二二五頁。

(35) *La Peau de chagrin, CH*, t. X, p. 219.『あら皮』、二六六頁。

(36) *Ibid*., p. 220.『あら皮』、二六七頁。

(37)「ヨハネによる福音書」二章一―一〇節、「カナでの婚礼」参照。マリアの「葡萄酒がなくなった」との言葉で隣人愛（カリタス）の第一例としている。『煉獄篇』、一六六頁の注（10）参照。

(38) ギリシャ神話でミュケナイの王アガメムノンと、クリュタイムネストラの子、オレステス。母に謀殺された父の仇を討ち、自身も殺されようとしたが、その時、親友ピュラデスが、「我こそオレステスだ」と名乗り出て身代わりになろうとしたことをオレステスは許さなかったという話。『煉獄篇』、一六七―一六八頁の注（12）参照。
(39)『煉獄篇』第一三歌二八―三九行、一六六―一六七頁。
(40) 同書、一六八頁の注（15）参照。
(41) *La Peau de chagrin*, *CH*, t. X, p. 220.『あら皮』、二六七頁。
(42) *Ibid.*, p. 215.『あら皮』、二五九頁。
(43) *Théorie de la démarche*, *CH*, t. XII, p. 279.
(44)『バルザック　風俗研究』、山田登世子訳、藤原書店、一九九九年、一一一頁参照。
(45) *La Peau de chagrin*, *CH*, t. X, pp.1196-1197.
(46) *Ibid.*, p. 1197.
(47) *Ibid.*, pp. 222-223.『あら皮』、二七二頁。
(48)『煉獄篇』、四七四頁。
(49) 同書、三五二頁の注（36）参照。
(50) Charles S. Singleton, « The Poet's Number at the center », in *Modern Language Notes*, vol. 80, Johns Hopkins University press, 1965, pp. 1-10.
(51) 藤谷道夫「ダンテ『神曲』の近年の動向」、『イタリア学会誌』、五七巻、イタリア学会、二〇〇七年、二六五―二八八頁。
(52)『神学大全』第一部第八三問題第四項、前掲書、六巻、二四三―二四四頁。
(53)『神学大全』第二－一部第一一四問題第九項、前掲書、一四巻、二三〇頁。
(54)『神学大全』第二－一部第一一三問題第二項、前掲書、一四巻、一六九頁。
(55)『神学大全』第二－一部第一一三問題第三項、前掲書、一四巻、一七一―一七五頁。金子晴勇『アウグスティヌスの恩恵論』、知泉書館、二〇〇六年、二七七頁。
(56) 金子晴勇『アウグスティヌスの恩恵論』、前掲書、五七頁。

(57) 『煉獄篇』第一二歌二五—二七行、一五一—一五二頁。一五一頁の注(3)参照。
(58) 『地獄篇』第三四歌五五—六九行、四〇七頁。四〇六—四〇七頁の注(13)(14)(15)参照。
(59) 『煉獄篇』第一二歌一三〇—一三五行、一五九頁。
(60) *La Peau de chagrin*, *CH*, t. X, p. 224.『あら皮』、二七四—二七五頁。
(61) 『煉獄篇』、三二七頁。
(62) *La Peau de chagrin*, *CH*, t. X, p. 227.『あら皮』、二七九頁。
(63) カペー朝のフランス王、ユーグ・カペー(九三八頃—九九六)のこと。九五六年、父イール・ド・フランス公ユーグ・ル・グランの後を継ぎ、九八七年にフランス王に選ばれる。『煉獄篇』第二〇歌四九—五一行、二五二頁。二五八—二五九頁の注(26)参照。
(64) 『煉獄篇』第二〇歌一〇三—一〇八行、二五五—二五六頁。
(65) 同書、二六三頁の注(65)(66)参照。
(66) 同書、二六六頁。
(67) *La Peau de chagrin*, *CH*, X, p. 230.『あら皮』、二八三頁。
(68) *Ibid*., p. 234.『あら皮』、二八九—二九〇頁。
(69) *Ibid*., p. 276.『あら皮』、三五九頁。
(70) 『煉獄篇』第一六歌六七—七七行、二〇七—二〇八頁。
(71) 『煉獄篇』二〇七頁の注(25)参照。
(72) 『煉獄篇』第一六歌七六—七八行、二〇八頁。二〇七頁の注(27)参照。
(73) 『煉獄篇』第一六歌七九—八四行、二〇八頁。
(74) *La Peau de chagrin*, *CH*, t. X, p. 276.『あら皮』、三五九頁。
(75) *Ibid*., p. 276.『あら皮』、三六〇頁。
(76) *Ibid*., p. 281.『あら皮』、三六六頁。

(77) *Ibid.*, p. 290.『あら皮』、三七九―三八〇頁。
(78) *Ibid.*, p. 291.『あら皮』、三八一頁。
(79) *Les Proscrits*, *CH*, t. XI, p. 544.『追放された者たち』、四九頁。
(80) *La naissance du purgatoire*, p. 460.『煉獄の誕生』、五一五頁。
(81) *Ibid.*, p. 459. 同書、五一四頁。
(82) *Ibid.*, p. 472. 同書、五三六頁。
(83) ナポリのシチリア王、フェデリゴ一世にして、神聖ローマ皇帝フリードリヒ二世の庶子、皇帝ハインリヒ六世（一一六五―九七）の孫に当たる。一二三二年頃にシチリアに生まれた。一二五四年コンラート四世が死去し、その子コンラディンの摂政となるが、王位の簒奪を企て、教皇アレクサンデル四世に破門される。『煉獄篇』第三歌。四一頁の注（32）参照。
(84)『煉獄篇』第三歌一一二―一一七行、四一頁。
(85) ファーノの名門に生まれたが、一二九六年、ボローニャの長官（ポデスタ）に任ぜられたとき、貴族のアッツォ八世がボローニャに対して取ろうとした奸計に抵抗したため、アッツォ八世の怨みを買い、一二九八年、マッテオ・ヴィスコンティの招きでミラノへ赴任の途中、アッツォ八世の手下に暗殺される。同書、五八―六〇頁の注（14）参照。
(86)『煉獄篇』第五歌六七―七二行、六〇―六二頁。
(87) Cf. *La naissance du purgatoire*, p. 472.『煉獄の誕生』、五三六頁。
(88)『煉獄篇』第一六歌四九―五二行、二〇六頁。
(89) 同書、二〇六頁の注（17）参照。
(90) *La Peau de chagrin*, *CH*, t. X, p. 283.『あら皮』、三六八―三六九頁。
(91)『神学大全』第三部第九〇問題第二項、前掲書、四五巻、一四九頁。
(92) 同書、一五一頁。
(93)『煉獄篇』、一一六頁。
(94) Cf. *La naissance du purgatoire*, pp. 467-468.『煉獄の誕生』、五二八頁。

(95)『煉獄篇』第三〇歌一四三―一四五行、三九〇頁。
(96) 同書、三九二頁。
(97) 同書、三六四頁の注(41)参照。
(98)『煉獄篇』第三〇歌一二七―一二九行、四三〇頁。四三四―四三五頁の注(57)参照。
(99) *La naissance du purgatoire*, p. 469.『煉獄の誕生』、五三〇頁。
(100) *La Peau de chagrin*, *CH*, t. X, p. 1186.
(101) *Ibid.*, p. 292.『あら皮』、三八二頁。
(102) ゲーテ『ファウスト』第一部、相良守峯訳、岩波書店、二〇一〇年、三四九頁。ファウスト伝説については、この書の「ファウスト解説」を参照した。
(103) 同書、三四九頁。
(104) 同書、三四九頁。
(105) 同書、三五〇頁。
(106) 同書、三五四―三五九頁。拙論も参照されたい。「バルザック *La Peau de chagrin*(『あら皮』)――幻想に隠された広大な構想」(博士論文、名古屋大学)、二〇一六年、一六八―一六九頁。

書誌

一・バルザックの作品と翻訳書

La Comédie humaine, *CH*, t. I.

LA PEAU DE CHAGRIN (Balzac illustré), H. Delloye et V. Lecou, 1838.

La Peau de chagrin, *CH*, t. X.〔『バルザック全集　第三巻　あら皮』、山内義雄、鈴木武郎訳、東京創元社、一九七三年。『バルザック『人間喜劇』セレクション　第十巻　あら皮』、小倉孝誠訳・解説、藤原書店、二〇一〇年。〕

La Peau de chagrin, Librairie Garnier Frères, classiques Garnier, 1954.

Les Chouans, *CH*, t. VIII.

Les Proscrits, *CH*, t. XI.〔『バルザック全集　第三巻　追放者』、河盛好藏訳、東京創元社、一九七三年。『神秘の書』、私市保彦、加藤尚宏、芳川泰久、大須賀沙織訳、水声社、二〇一三年。〕

Lettres à L'étrangère (1833-1842), t. I, Paris, Calmann-Lévy, 1899-1950.

Livre mystique, *CH*, t. XI.〔『神秘の書』、私市保彦、加藤尚宏、芳川泰久、大須賀沙織訳、水声社、二〇一三年。〕

Pathologie de la vie sociale, *CH*. t. XII.〔『風俗研究』、山田登世子訳・解説、藤原書店、一九九九年。〕

『バルザック『人間喜劇』セレクション　別冊第二巻　全作品あらすじ』、大矢タカヤス編、藤原書店、二〇〇四年。

『艶笑滑稽譚』第二輯、石井晴一訳、岩波書店、二〇〇七年。

二、バルザックに関する研究書・研究論文

Kiriu Kazuo, *Le vocabulaire du Balzac*（http://www.v2asp.paris.fr/commun/v2asp /musees/balzac/kiriu/concordance.htm）（霧生和夫氏による『人間喜劇』のコンコルダンス）

Barbéris, Pierre, *Balzac une mythologie réaliste*, Collection “thèmes et textes”, Larousse, 1971.

Baron, Anne-Marie, « Comédie Humaine ou Bible de L'humanité ? », in *Formes bibliques du roman au XIXe siècle,* Études réunis par Fabienne Bercegol et Béatrice Laville, Paris, Classiques Garnier, 2011.

——, *Balzac et la Bible*, Honoré Champion, 2007.

Bouteron Marcel, « Bedouck ou le talisman de Balzac » in *Études balzaciennes*, Jouve, Paris, 1954, pp. 181-187.

——, « L'inscription orientale de *La Peau de chagrin* » in *Études balzaciennes*, Jouve, Paris, 1954, pp. 171-180.

Curtius, Ernst Robert, *Balzac*, Éditions Bernard Grasset, 1933.

Frappier-Mazur, Lucienne, « Parodie, imitation et circularité : les épigraphes dans les romans de Balzac », in *Le Roman de Balzac*, éd. R. Le Huenen et P. Perron, Didier, Montréal, 1980, pp. 169-180.

Glaudes, Pierre, *Pierre Glaudes commente La Peau de chagrin d'Honoré de Balzac*, Gallimard, folio, 2003.

Graham, Falconer, « Le travail de style dans les révisions de *La Peau de chagrin* », in *AB*, 1969, pp. 71-106.

Guise, René, « Balzac et Dante », in *AB,* Garnier frères, 1963, pp. 297-319.

Heyward, Margaret, « Superchérie et Hallucination : *La Peau de chagrin*, Balzac orientaliste et mesmérien », *Revue de Littérature comparée*, 1982.

Osuga Saori, *Séraphîta et la Bible*, Honoré champion, Paris, 2012.

Oya Takayasu « Que penser de la *Conclusion* de *La Peau de chagrin* ? », *Bulletin of Tokyo Gakugei University*, Sect. II Humanities, Vol.

43, February 1992, pp. 301-308.

Rudich, Linda, « Une interprétation de *La Peau de chagrin* », in *AB*, 1971, pp. 201-223.

クルティウス、エルンスト・ロベール『バルザック論』、大矢タカヤス監修、小竹澄栄訳、みすず書房、一九九〇年。

クルティウス、エルンスト・ロベール『ヨーロッパ文学評論集』、川村二郎、小竹澄栄、高木研一、松浦憲作、圓子修平（共訳）、みすず書房、一九九一年。一五七―一七四頁。

バルベリス、ピエール『バルザック　レアリスムの構造』、河合亨、渡辺隆司訳、新日本出版社、一九八七年。

東辰之介『バルザック――「脳」と「知能」の小説家』、水声社、二〇〇九年。

加倉井仁「〈敷居〉のモデルニテ――『あら皮』におけるクロノトポスをめぐって」、『Études Françaises』一四巻、早稲田大学文学部フランス文学研究室、二〇〇七年。

加藤尚宏『バルザック　生命と愛の葛藤』、せりか書房、二〇〇五年。

鎌田隆行「バルザックにおけるテクスト内テクスト――『あら皮』と『幻滅』第二部を中心に」、柏木隆雄教授退職記念論文集刊行会編『テクストの生理学』、朝日出版社、二〇〇八年、五五―六六頁。

芳川泰久『バルザック×テクスト論――〈あら皮〉から読む『人間喜劇』』、せりか書房、二〇一二年。

三、辞典／事典と新聞

Diderot, Denis, *Encyclopédie*, dictionnaire, raisonné des sciences, des arts et des métiers, par une société de gens de lettres, Briasson, Paris, 1751-1765.
Gérard, André-Marie, *Dictionnaire de la Bible*, Robert Laffont, 1989.
Larousse, Pierre, *Grand Dictionnaire universel du XIXe siècle*, Paris, t. IV, 1869.
Le Grand Robert de la langue française par Alain REY, t. II, 1985.
Trésor de la langue Française : dictionnaire de la langue de XIXe et du XXe siècle（1789-1960）, Centre national de la recherche scientifique. Institut nationale de la langue Française, Nancy ; t. XII, Gallimard, 1986.

Trésor de la langue Française : dictionnaire de la langue de XIXe et du XXe siècle（1789-1960）, Centre national de la recherche scientifique. Institut nationale de la langue Française, Nancy ; t. V, Gallimard, 1977.
Trésor de la langue Française : dictionnaire de la langue de XIXe et du XXe siècle（1789-1960）, Centre national de la recherche scientifique. Institut nationale de la langue Française, Nancy ; t. XV, Gallimard, 1992.
Journal asiatique, « Grammaire et dictionnaire de la langue sanskrit par le général Boisseroll », Dondey-Dupré père et fils et E. Leroux, la Société asiatique, Paris, 1825-01, t. VI, pp. 319-320.
『言語学大辞典』第二巻、世界言語編（中）、亀井孝、河野六郎、千野栄一編集、三省堂、一九八九年。
『新カトリック大事典』第四巻、研究社、二〇〇九年。
『カトリック大辞典Ⅲ』上智大学編纂、冨山房、一九七〇年、五二六頁。
アト・ド・フリース『イメージ・シンボル事典』、山下主一郎、荒このみ他（共訳）、大修館書店、一九八六年、七〇—七一頁。

四．その他の主要な参考資料

Dante Alighieri, *La Divine Comédie*, *L'Enfer*, traduit en français par M. le chevalier A.-F, Artaud, 2e édition, Firmin - Didot Paris, 1828, 3 vol.
Dante Alighieri, *La Divine Comédie*, *Le Purgatoire*, traduit en français par M. le chevalier A.-F. Artaud, 2e édition, 1830, 3 vol.
Dante Alighieri, *La Divine Comédie*, *Le Paradis*, traduit en français par M. le chevalier A.-F. Artaud, Paris, 1830, 3 vol.
Filliozat, Pierre-Sylvain, *Le sanskrit*, Presses Universitaires de France, 1992.
Genette, Gérard, *Seuils*, « Du texte à l'œuvre », Seuil, 1987.
Hugo, Victor, *Œuvre oratoires de Victor Hugo*, *Actes et Paroles*, t. 1, Bruxelles, J. B. Tarride, 1853.
Le Goff, Jacques, *La naissance du purgatoire*, Gallimard, 1981.
Mille et une nuit, traduction Galland, t, VIII, du Cabinet des Fées, 1785, in-8°.
Nodier, Charles, *Description raisonnée d'une jolie collection de livres*, J. Techener, 1844.

Rabelais, François, *Œuvres complètes,* présentée et annotée par Mireille Huchon, avec la collaboration de François Moreau, Gallimard, 1994.

Sainéan, Lazare, *La langue de Rabelais*, Slatkine Reprints, 1976.

Screech, Michael, « The First Edition of Pantagruel », in *Études Rabelaisiennes*, XV, Droz, 1980, pp. 31-42.

Singleton, Charles S., « The Poet's Number at the center », in *Modern Language Notes,* vol. 80, Johns Hopkins University press, 1965, pp.1-10.

Œuvres complètes de L. STERNE, t. 2, Ledoux et Tenré Libraires, 1818.

Œuvres complètes de L. STERNE, t. 2, Salmon Libraires, 1825.

Œuvres complètes de L. STERNE, t. 2, Tames Cochrane, 1832.

Œuvres complètes de L. STERNE, t. IV, Paris, Jean-François Bastien, 1803.

Sterne, Laurence, *The life and opinions of Tristram Shandy gentleman*, vol. I-IX, London, R. and J. Dodsley, 1760.

Sterne, Laurence, *Vie et opinions de Tristram Shandy* ; suivies du voyage sentimental et des lettres d'Yorik à Eliza, t. 2, G. Charpentier, Paris, 1882.

Sterne, Laurence, *Vie et opinions de Tristram Shandy gentilhomme*, Paris, Charpentier Libraire-Editeur, 1842.

Symons, Arthur, *The Symbolist movement in literature*, E. P. Dutton company, USA, 1919.

Todorov, Tzvetan, *Introduction à la littérature fantastique*, Paris, Seuil, 1970, pp. 72-73.

デイビーズ、オーウェン『世界で最も危険な書物——グリモワールの歴史』、宇佐和通訳、柏書房、二〇一〇年。

オズボーン、ロバート『錯視の不思議』、渡辺滋人訳、創元社、二〇一五年。

ジュネット、ジェラール『スイユ』、和泉涼一訳、水声社、二〇〇一年。

スクリーチ、マイケル・A『ラブレー——笑いと叡智のルネサンス』、平野隆文訳、白水社、二〇〇九年。

スターン、ローレンス『トリストラム・シャンディーの生涯と意見』、朱牟田夏雄訳、筑摩書房、一九六八年。

ダンテ『神曲Ⅰ　地獄篇』、寿岳文章訳、集英社、二〇〇八年。

ダンテ『神曲II　煉獄篇』、寿岳文章訳、集英社、二〇〇七年。

ダンテ『神曲III　天国篇』、寿岳文章訳、集英社、二〇〇六年。

トマス・アクィナス『神学大全』、稲垣良典訳、六巻、一四巻（全四五巻）、創文社、二〇〇七年。

フィリオザ、ピエール＝シルヴァン『サンスクリット』、竹内信夫訳、白水社、二〇〇六年。

ラブレー、フランソワ『ガルガンチュアとパンタグリュエル　1――ガルガンチュア』、宮下志朗訳、筑摩書房、二〇〇五年。

ラブレー、フランソワ『ガルガンチュアとパンタグリュエル　2――パンタグリュエル』、宮下志朗訳、筑摩書房、二〇〇六年。

ル・ゴッフ、ジャック『煉獄の誕生』、渡辺香根夫、内田洋訳、法政大学出版局、一九八八年。

聖書、新共同訳、日本聖書協会、一九八七年、一九八八年。

泉利明「一九世紀フランスの隠語研究」『千葉大学国際教養学研究』四巻、二〇二〇年。

大高順雄『アントワヌ＝ド・ラ・サル研究』、風間書房、一九七〇年。

饗庭孝男『新版　フランス文学史』、白水社、二〇〇三年。

風間喜代三『言語学の誕生』、岩波新書、一九八二年。

鹿島茂『馬車が買いたい！』、白水社、一九九〇年。

金子晴勇『アウグスティヌスの恩恵論』、知泉書館、二〇〇六年。

高橋和夫『スウェーデンボルグの「天界と地獄」』、ＰＨＰ研究所、二〇〇八年。

宮下志朗『ラブレー周遊記』、東京大学出版会、一九九七年。

矢内原忠雄『ダンテ神曲講義I　地獄篇』、『ダンテ神曲講義II　煉獄篇』、『ダンテ神曲講義III　天国篇』みすず書房、一九八四年。

渡辺一夫『渡辺一夫著作集I　ラブレー雑考（上巻）』、筑摩書房、一九七六年。

図版出典一覧

図1　『あら皮』のエピグラフ。*La Peau de chagrin, CH,* t. X, p. 57.

図2　『トリストラム・シャンディー』三二二章の挿絵（一八〇三年版）。*Œuvres complètes de L. Sterne*, Paris, Jean-François Bastien, t. 4, 1803, p.18.

図3　『あら皮』エピグラフのデッサンの変遷。M. Spoelberch de Lovenjoul, « Les Études philosophiques » de Honoré de Balzac » in *Revue d'histoire littéraire de la France / Société d'histoire littéraire de la France*, New York, Johnson Reprint, janvier-mars 1907, pp. 408-409.

図4　『あら皮』一八七〇年版と一九六四年版（ガルニエ版）のエピグラフ。*Œuvres complètes de H. de Balzac, La comédie humaine Études philosophiques,* Paris, Michel Lévy Frère, 1870, p. 1.　H. de Balzac, *La Peau de chagrin,* Garnier, 1964, p. 1.

図5　『パンタグリュエル』初版のタイトルページ。Alcofrybas Nasier, *Les horribles et espoventables faictz et prouesses du très renommé Pantagruel, roy des Dispodes, filz du grand Géant Gargantua,* composez nouvellement par Maistre, Lyon, C. Nourry, 1525-1535, np.

図6　「テレームの僧院」の人々。著者作成。

図7　〈あら皮〉に刻まれたアラビア語の文言とフランス語訳。*La Peau de chagrin*, H. Dolloye et V. Lecou, 1838, pp. 46-47.

図8　〈あら皮〉に刻まれた文言のフランス語訳。*La Peau de chagrin*, H. Dolloye et V. Lecou, 1838, p. 47.

図9　『千夜一夜物語』のフランス語訳（一七八五年版）にみられる逆三角形の文字配列。*Les Mille et une nuits*, traduits en français par M. Galland, t. 8, 1785, p. 10.

図10　『パンタグリュエル』決定版（一五四二年版）にみられる逆三角形の文字配列。Rabelais François, *Œuvres complètes*, présentée et annotée par Mireille Huchon, avec la collaboration de François Moreau, Gallimard, Pléiade, 1994, p. 210.

図11　一八三八年版『あら皮』の「エピローグ」の挿絵。*La Peau de chagrin*, H. Dolloye et V. Lecou, 1838, pp. 400-401.

図12　煉獄山の図。ダンテ『神曲II　煉獄篇』、寿岳文章訳、集英社、一九八七年、二〇頁。

あとがき

本書は、著者が二〇一六年に名古屋大学大学院人文研究科に提出した博士論文「バルザック *La Peau de chagrin*（『あら皮』）――幻想に隠された広大な構想」をまとめ、いくらか加筆・修正を施したものである。博士論文の執筆にあたり指導教員として多大なるご指導を賜った松澤和宏先生、講義の中でバルザック作品の豊かさを教えていただいた鎌田隆行先生に感謝の意を表したい。

『あら皮』を研究しようと思ったのは、大学で《merveilleux》をテーマにした講義を受けた時のことだった。『あら皮』に描かれたラストシーンの違和感、早く結末を知りたくて急いでページをめくっても全く理解できない「エピローグ」の文章の難解さが、なぜか気になって仕方がなかった。どこから手を付けたら良いのかわからず途方に暮れていた時、松澤和宏先生の勧めで、当時名古屋で開かれていた「『神曲』を読む会」に参加させていただいた。月に一度「『神曲』を読む会」に参加する機会を得られたことは、私自身にとっても大変有意義な時間であり、『あら皮』と『神曲』の間テクスト性に注目する良い契機となった。会に温かく迎えてくださり、『神曲』に関する知識と韻文詩の美しさを御教授くださった鈴木覺先生、高橋秀雄先生、高橋壮先生、小柳公代先生に心より御礼申し上げたい。

二〇一六年、二〇二二年には、東京バルザック研究会において拙論を発表させていただく好機に恵まれた。バルザックを専門とする諸先生方から御高見・御教示を賜ることができたことは、研究を進めるうえでどれだけ大きな力になったか、言うまでもないことである。バルザック研究会の諸先生方に厚く御礼申し上げる。予想とは別の方向に歩き出した研究に、筆者自身が戸惑いを隠せずにいた頃、バルザック研究の第一人者である大矢タカヤス先生から、豊富な知識と広い視点に基づく御教示とご助言をいただいた。大須賀沙織先生には、神秘主義に関するこちらの煩瑣な質問にも、貴重な時間を割いて丁寧にお答えいただいた。お二人の先生に深謝の意を捧げたい。

日本フランス語フランス文学会、中部支部会では、たくさんの先生方に貴重なご意見とご指摘を頂戴した。拙い研究が数度の支部会での発表を経て一つの結論を得られたことは、中部支部会でお世話になった先生方のおかげである。この場をお借りして、感謝の気持ちをお伝えしたい。

本書が、今後のバルザック研究に少しでもお役に立つことができれば、筆者にとってこれ以上の喜びはない。

本書の出版を快くお引き受けくださった水声社の鈴木宏社主と編集を担当していただいた神社美江さん、飛田陽子さん、金子亮二さんに心から御礼を申し上げる。

令和六年十月

吉野内美恵子

著者について——

吉野内美恵子（よしのうちみえこ）　一九五五年、青森県八戸市に生まれる。名古屋大学卒業、同大学大学院文学研究科人文学専攻博士課程修了。博士（文学）。専攻は、十九世紀フランス文学。主な論文には、「バルザック『あら皮』に隠された煉獄の物語」（『フランス語フランス文学研究』第一一三号、日本フランス語フランス文学会、二〇一八年）などがある。

装幀——齋藤久美子

バルザック『あら皮』研究

――ダンテとラブレーから読み解く複合的構想

二〇二四年一二月一〇日第一版第一刷印刷　二〇二四年一二月二〇日第一版第一刷発行

著者――吉野内美恵子

発行者――鈴木宏

発行所――株式会社水声社

東京都文京区小石川二―七―五　郵便番号一一二―〇〇〇二

電話〇三―三八一八―六〇四〇　ＦＡＸ〇三―三八一八―二四三七

［編集部］横浜市港北区新吉田東一―七七―一七　郵便番号二二三―〇〇五八

電話〇四五―七一七―五三五六　ＦＡＸ〇四五―七一七―五三五七

郵便振替〇〇一八〇―四―六五四一〇〇

URL：http://www.suiseisha.net

印刷・製本――精興社

ISBN978-4-8010-0844-1

乱丁・落丁本はお取り替えいたします。